JN189351

Karl Hobrecker
Alte vergessene Kinderbücher

ホブレッカーおじさんの
おしゃべり

ドイツ児童文学史事始め

カール・ホブレッカー

佐藤和夫 訳

青簡舎

O Gott und Vater, dein Gebot
Sei uns in's Herz geschrieben:
Den Aeltern soll man bis zum Tod
Gehorchen, und sie lieben.

お父様である神様、あなたのお定めになったこと、
「年上の人には従いなさい、
そして愛しなさい」
は私たちの心にしっかりと刻み込まれました。

Alte vergessene Kinderbücher

von

Karl Hobrecker

1 9 2 4

Mauritius-Verlag

Berlin

昔の忘れられた子どもの本
カール・ホブレッカー著
1924年
マウリツィウス社
ベルリン

母の思い出に
この本を
捧げる

はしがき

　この本は文学史として意図したものではありません。ドイツの子どもの本について詳しく丹念に論じようとすれば、この本一冊の何十倍もの量が必要となるでしょう。文学史の本を出版しようとする試みは何度もあったのですが、まだ実現していません。そうした試みの結果、材料はたっぷりあるのですが、それらの材料は教育用に仕立て直されていて、その目的にしか使えないのです。単行本であれ、雑誌の中であれ、そこに掲載された子どもの本に関する数多くの小ぶりな論文は、たいてい偉大な画家たちのことばかりを気にかけていて、論じようとする子どもの本の文章や見かけを無視しています。また別な論文では課題全体から部分を鋭く切り出すだけで、ただ無味乾燥なタイトルだけの文献表が掲げられているに過ぎません。芸術作品とか、あるいは永遠の価値の描写をするのではないにしても、子どもの本にまつわる無邪気な楽しみがこのような論考には欠けているのです。予断を持たない素人が、若々しい活力にあふれたミューズに無邪気で陽気に自らを捧げようとする人が読むのにふさわしい論文はほんの短いものしかなく、数もごく少数です。

　惜しいことに、手頃でつつましい著作、子ども部屋の本棚に収まっている、上質でつつましいものについての著作、学術的な記録以上のおしゃべりをしてくれる著作、何よりもまずお母さんたち、お父さんたちにふさわしい、けれどもこの不穏な時代にあってもその素朴な心を保ってきた人々にもふさわしい著

作がないのです。

　天真爛漫にささやかなことを喜ぶことができるならば、
　毎日そして毎時間幸せを新たにするだろう。

　この古い格言をこの本の基本的な考えにしようと思います。高く見せようとして教訓に下駄を履かせたり、徹底した完全さを頁の上に盛ったりはいたしません。言葉と絵でお見せするのはすべて自分で観察し、とりわけ重要なものとして長年取り組んできた結果に基づいて慎重に選び抜いたものです。この本でお目にかけたいのは、子どもの本特有のものです。本書が生まれる源となった子どもの本のコレクションには、入手可能なすべてのなかから最も優れたもの、注目に値するものだけが収められています。本書でもこれに変わりはありません。この点こそ、子どもの本の一般的な発展史とともに、本自体に語ってもらってよいのです。

　そのような訳で、もっとも早い時期から19世紀半ばに及ぶ全体像が、狭い枠の中にあってもあまり大きな欠落もなく、とりわけ知ったかぶりをしないで、よく磨かれた鏡の中に映るようにまとめられ、広い展望が得られてほしいと願っています。

カール・ホブレッカー

目　　次

一年生

　始めに初級読本がありました。これが基礎になって私たちは年とともに童謡や道徳物語、インディアン物語を経て分厚い『ロビンソン・クルーソー』[1]にたどり着けるのです。児童文学も全く同じような道のりを歩んできました。

　児童文学の歴史は、霞の彼方に見えなくなってしまうほど遠い昔から始まったのではありません。本来の意味での子どもの本が生まれたのは、たかだか150年くらい前なのです。そうであるだけに、18世紀末になってまるで堰を切ったように子どもたちが一斉に楽しい読み物を追い求め始めたのは驚きです。

　この突然の文学の洪水はどこから来たのでしょうか。どうして生まれたのでしょう。それ以前にも子どもが読むものはあったのでしょうか。やはり当然ながら1770年以前にも小さな学者たちのための知的栄養はあったはずです。

　もちろん児童文学が自ずと生まれたわけではなく、短い読本や大人のための読み物から子どもが勝手に引っ張り出していた

のです。私はそういう読みものをお父さんだと思っています。大人の読み物はお父さんの代わりをしてくれたのです。

　読み方を学ぶにはアルファベット、つまり一つ一つの文字を知ることから始めなくてはなりません。子どもたちが文字を大きな黒板から学んだか、手に抱えた小さな石板から読み取ったかは、その地方の風習や習慣によることでしょう。最後に名を挙げた参考書には最も単純素朴な読本の一種である「フィーベル」[2]（初等読本）も入れてよいでしょう。それらの初等読本から昔々に印刷された『ABCの黒板』、『ドイツの子どもの黒板』、『小さい黒板の本』といった題名を知ることができます。これらの本はさらにずっと後になると『名前の本』とか、『声の本』と呼ばれました。勉強熱心な子どもたちが声をそろえて読んだことにちなんでいるのでしょう。これら最初の読本には、わずかな頁しかありませんでしたが、早くから美しい図形で飾られていて子どもたちが先へ進む手助けをしてくれたのです。「うなっている」（knurren）犬は"K"を、「シュウシュウと音を立てている」（zischen）ヘビは"S"を示しています。どのABCの本にも欠かせない「サル」（Affe）はずっと早くから登場していますが、"A"ではなく、"ff"のところに出てきます。粗末な木版印刷から読み取れるつづりや単語には"Stahl"、"Steffan"、"Stiffel"、"Stupfeln"[3]があります。たぶん全く意味のない練習だったでしょう。始めにアルファベットの大文字と小文字が、最後に数やお祈りや十戒が出てきます。判型はとても小さく、文章は本の木版画同様に単純でぶっきらぼうです。それには大事な言葉として、「神に期待し、信じよ。」「羊の血はよきもの。」「私にそんなことをしてはならない。」「望むところへ行きなさい。」「馬が嚙むのに耐えなさい。」「私にはシラミ

ヤーコブ・グリースボイテル：声の本、ニュルンベルク、1531年

とノミがいる。」「パウル、おまえは来るのが遅すぎた。」「永遠なものは何一つない。」、が出てきます。

　1531年の読本はそのような内容でした。でも手書きによる文字の読本は15世紀の初めにはすでにあったそうです。きっともっと早くからでしょう。印刷された子ども用の学習読本とそう大きな違いはありません。最初期の ABC 読本[4]はニュルンベルクやアウクスブルクで刊行されましたが、何世紀もの間ほとんど変化がありませんでした。印刷や絵が改善されて見かけは良くなっていきますが、内容は長い間ずっと同じままでした。

「かぜはヒューヒュー／ぎょしゃはオーオー／かえるはゲコゲコ」

「がちょうはガアガア／ひよこはピヨピヨ／ろばはイーオー」

「みまわりはハーハー／かっこうはカッコー／あぶはブンブン」

　私たちの今日の美しい初等読本は全くあの古い読本にまでさかのぼるのです。

　以前なら素朴な詩句がすべての文字を紹介してくれていました。残念ながら今使われている本の中に探してもありません。

　19世紀末になってもなお、こうした調子を合わせた詩句を用いた初等読本があります。その一世紀前の、1788年の初等読本にはこのような文句が出てきます。

　「おもしろ半分に動物をいじめてはいけません／動物はあなたと同じように痛みを感じているのです」

　実にすばらしい道徳の決まりはこの本に初めて出てきたのでしょうか。

　いくぶん伝説的なヨーハン・バルホルン[5]は初等読本で同じ文字を重ねたり、よけいなものを付け加えたとして悪評を被ったそうです。コルトゥム[6]も『ヨプスの物語』で同じようにとんでもないことをさせています。この本の中で、ヨプスは村の学校の先生です。彼は初等読本にはつきものの、子どもたちの眠気を覚まし、登校を促す雄鳥から蹴爪を取り去って、代わりに卵を加えたのです。けれどもお百姓さんたちには新しい趣向は受け入れられず、初等読本はそれまで通りとなりました。

　この本は、ありとあらゆる知識の宝への道筋をつけ、知性を高めてくれました。ですからどこででも長く評価されてきたのが良く分かるでしょう。フリードリヒ・ヘンペル[7]は1809年に

18世紀中頃のベルリンの初等読本
早起きと勤勉の比喩とされていた雄鳥がどの初等読本にも共通
して登場する。

なんと『やさしい詩で構成された ABC の本に関する夜更けの考察』と題する二巻の本を書きました。ここだけの話ですが、とても評判のよかったあの詩は彼自身が書いたのだと私は思います。

　　お猿はとってもかわいい、
　　とりわけリンゴをかじるときは。

　これが本当に実際の初等読本から採ったのでないとしたら、それと同じ精神で巧みに作り上げたのでしょう。

　　かしこいネコはネズミを食べる、
　　くしでとかせばシラミが出てくる。

　これらの単純な言葉には何という素朴な分かりやすさがあることでしょう！

　それから少しパロディー風の詩もあります。

　　修道院の尼さんはたくさん罪を悔い改める、
　　告解室にはもっと穴が必要だ。

　ジャン・パウル・フリードリヒ・リヒター[8]も詩を担当しました。最初の読本から着想を得て、彼のとてもすばらしい作品の一つに、初等読本のでき上がる様子を詩人らしく気の向くままに書きました。彼は初等読本の著者たちに創造の才能を存分に与え、この上ないつくる喜びを体験させています。

H. ミュラーの色彩版画
（『小さい子どものためのとってもかわいい贈り物』、1830年頃から）

「彼は ABC を美しい官庁用の文字[9]で楽しげに、なめらかに書き上げました。黒い文字の間に赤い文字をはさんで、だれにも注意をうながしましたので、ほとんどのドイツの子どもたちは、ゆでたカニを取り上げたときのように喜び、味わったのです。」

ジャン・パウルよりも今日よく知られているのはヴィルヘルム・ブッシュ[10]のミュンヘン一枚絵[11]の詩です。

ヒバリは空に舞い上がり、
ライオンは黙っていないときは、ほえている。

クジラはニシンの平和を乱し、
虫の長さはさまざま…

ナイチンゲールはすばらしくきれいに歌い、
カバはときどき立ったままでいる。

けれどもブッシュはじきに教科書から離れてしまいます。むしろ娯楽作品である、絵本としての ABC の本はここには関係ありません。偉大な画家たちが絵本の絵を描き、重要な作家たちがその文章を書きました。そのことはまた後で。ここではまず本来の読本だけを取り上げねばなりません。

初等読本が児童文学に属するのかどうかにはもちろん議論の余地があるでしょうけれども、境界線を引くのは難しいのです。ラテン語の語彙を収めたドナティウス[12]の本を児童文学に加えたりはしないでしょう。けれどもこれからお話するコメニウス[13]の最初の『オルビス・ピクトゥス』（世界図絵）は事典以

A B C D E F G H J K L
a b c d e f g h i j k l
M N O P Q R S T U V
m n o p q r s t u v
W X Y Z
w x y z

Selbstlaute

u o a e i ü ö ä y

Doppellaute

ai ei äu eu au

Mitlaute

b ch d f g h j k l m n p ph
r rh ſ (ß) ß sch -t th v w x z

19世紀初めの初等読本から

（アルファベット表）

外の何物でもありませんが、疑いなく教科書でもあります。でもここで触れないわけにはいきません。いずれにしても教科書から児童文学へと移っていく様子をたどるのはとても刺激的なことです。

　一年生の難問を克服しますと初等読本の次にすぐ教義問答書が出てきます。ルター[14]のすばらしい言葉は確かに他のとは違って上級生の読み物にふさわしいものです。

　「神を恐れ、愛しなさい。神の名を呪ったり、呪文や魔法を使ったり、嘘をついたり、だましたりしないように。」これらのすばらしい言葉を口をそろえて唱える明るい子どもの声が聞こえるように思います。

　おおよそ1cmほどの大きさの活字で印刷され、武骨で伝統的な木版画が飾られた教義問答書は1772年までは聖書とともにずっと学校の教科書でした。ようやく、ほんの150年ほど前になってマルク・ブランデンブルク[15]のユンカー[16]だったエーベルハルト・フォン・ロホ[17]が二分冊の読本『キンダーフロイント』（子どもの友）を著しました。価格16クロイツァー[18]でした。

　この画期的な企ては、全ての児童文学の隆盛と軌を一にしています。ロホの『キンダーフロイント』を、おおよそ同時期で同じ名を持つヴァイセ[19]の「キンダーフロイント」と混同してはいけません。ロホの小さいけれどとても重要な著作は教科書ですが、ヴァイセの著作は家庭用の児童雑誌です。この有能な人は教育者ではないのですが、堅く縛りつけられていた子どもたちに哀れみをかけたのです。ロホは短くて楽しい読み物を収めた最初の読本を作りました。この本には宗教にまつわる文章、お祈り、歌と並んで主に日常生活のきわめて単純なお話、「ネズミのわな」、「木を腐らせる者」、「過ぎたるは不健康」、「見つ

神様が竜からお守り下さいますように、
そして私たちを苦しみからお助け下さいますように。

かった幽霊」が入っています。もちろんみな道徳的な内容をもっているのですが、その間に田舎の人々の身にしっかりと染み込んだ教訓を豊富に取り入れた会話が差しはさまれています。

　この学校読本からたくさんの別の読本が生まれていきました。その中でも F. P. ヴィルムゼン[20]のは幾分かの名声を博しました（初版が1802年、1834年に第26版）。ヴィルムゼンはその上多くの子ども向け著作を残し、自分の本のためにロホと同様、自作の文章だけしか載せませんでした。一方、他の著作家たちは古典作家や民衆詩人から生まれた様々な由来をもつ優れた読み物を集成しました。これらの人々は、子どもの心にかなうに

鳥刺しは早起き
時計が合っているかなんて気にしない

は子どもの読み物が必要であるというエーベルハルト・フォン・ロホの認識にしたがっていました。ですから本を読むことはもっと楽しく、もっとたやすくなりました。それに伴い放課後にも読まれ、ある程度楽しみにもなったのです。

児童文学のスタートが切られると、類似の新しい本がどっと洪水のように続き、もはや教室ばかりでなく、授業の合間にも読まれたのです。それ以前にあったものについてはいくつか散発的な先駆けしか名を挙げることができません。これらについては後ほどお話することにします。

まずは以下に1788年の古い初等読本をお目にかけましょう。

Aa

Ein sitzender Affe zeiget auf eine Tafel.

Aa

Der Affe sagt zu allem Ja,
Sein ganzes Wissen ist das A.

Bb

Ein Bäcker, welcher Brod aus dem Ofen zieht.

Laß Dich die Wissenschaften laben:
So wirst Du Brod im Alter haben.

Cc

Einige Engel, und ein Feld, wo Hirten hüten.

Dein Herz sey engelrein, und üb' im Guten sich:
So lieben Gott und Menschen Dich.

Ein sitzender Affe zeiget auf eine Tafel.

Der Affe sagt zu allem Ja,

Sein ganzes Wissen ist das A.

すわっているサルが黒板を指しています。

サルは何にでも「ヤー（はい）」と言います、

サルが知っているのは A の文字だけです。

Ein Bäcker, welcher Brod aus dem Ofen zieht.

Laß Dich die Wissenschaften laben:

So wirst Du Brod im Alter haben.

パン屋さんがオーブンからパンを出します。

知識を向上させなさい、

そうすれば将来食うのに困りません。

Einige Engel, und ein Feld, wo Hirten hüten.

Dein Herz sey engelrein, und üb' im Guten sich:

So lieben Gott und Menschen Dich.

天使と、羊飼いの守っている草原です。

心は天使のように清らかにして安らかに修行しなさい。

そうすれば神様からも他の人からも好かれます。

Dd

Ein Dieb entflieht aus Furcht vor Schlägen.

Was Du gefunden hast, gieb an den rechten Mann.
Als wenns gestohlen wär, sieht man es sonsten an.

Ee

Eine Frau nimt den Enten ihre Eyer weg.

Von einer Ente kömt das Ey:
Rath, was von beyden älter sey.

Ff

Eine sitzende Frau wärmt sich am Feuer.

Wen jung schon Fleiß und Tugend zieren,
Der braucht im Alter nicht zu frieren.

Ein Dieb entflieht aus Furcht vor Schlägen.

Was Du gefunden hast, gieb an den rechten Mann.

Als wenns gestohlen wär, sieht man es sonsten an.

泥棒がぶたれるのが怖くて逃げていきます。

落とし物は持ち主に返しなさい。

さもないと盗んだと思われます。

Eine Frau nimt den Enten ihre Eyer weg.

Von einer Ente kömt das Ey:

Rath, was von beyden älter sey.

女の人がカモから卵を取っています。

その卵はカモの産んだものです。

カモと卵のどちらが先でしょう。

Eine sitzende Frau wärmt sich am Feuer.

Wen jung schon Fleiß und Tugend zieren,

Der braucht im Alter nicht zu frieren.

女の人が火に当たっています。

若いときからしっかり働いて行いがよければ、

年老いてからこごえることはありません。

Gg

Eine aus dem Wasser gestiegene Gans, welche grasen will.

G   **g**

Iß und trink mit Maaß und Freuden:
Uebermaaß muß Schmerzen leiden.

Hh

Ein laufender Haase und ein angelehnter Küras.

H   **h**

Leg früh der Tugend Harnisch an,
Und wandle standhaft Deine Bahn.

Ii (Jj)

Ein Jäger und ein Iltis, der ein Huhn beißt.

I   **i**

Quäle nie ein Thier zum Scherz;
Denn es fühlt, wie Du, den Schmerz.

24

Eine aus dem Wasser gestiegene Gans, welche grasen will.

Iß und trink mit Maaß und Freuden:

Uebermaaß muß Schmerzen leiden.

水から出てきたガチョウが草を食べようとしています。

度を過ごさず、楽しく飲み、食べなさい。

飲み過ぎ、食べ過ぎは腹痛を起こします。

Ein laufender Haase und ein angelehnter Küras.

Leg früh der Tugend Harnisch an,

Und wandle standhaft Deine Bahn.

走っているウサギと立てかけられた胸よろいです。

若い時からよい心をしっかり守りなさい。

そしてあなたの道をしっかり歩みなさい。

Ein Jäger und ein Iltis, der ein Huhn beißt.

Quäle nie ein Thier zum Scherz;

Denn es fühlt, wie Du, den Schmerz.

狩人と鶏をくわえているイタチです。

おもしろ半分に動物をいじめてはいけません。

動物もあなたと同じように痛みを感じているのです。

Kk

Ein gekrönter Herr, neben ihm eine Katze.

Wer artig und vernünftig ist,
Der meidet Reisen, Zank und Zwist.

Ll

Eine vom Lorbeerbaum fliegende Lerche, die Morgenröthe.

Lern Deine Leidenschaft besiegen,
Es schaft Dir Ruhe und Vergnügen.

Mm

Ein Mohr, der sich wäscht, und eine Larve.

Vergebens wäschet sich der Mohr,
Denn er bleibt schwarz. Der Thor bleibt Thor.

Ein gekrönter Herr, neben ihm eine Katze.

Wer artig und vernünftig ist,

Der meidet Keifen, Zank und Zwist.

王冠をかぶった王様とその隣には猫がいます。

行儀がよくて、分別のある人は、

ののしったり、けんかしたり、仲たがいしたりしません。

Eine vom Lorbeerbaum fliegende Lerche, die Morgenröthe.

Lern Deine Leidenschaft besiegen,

Es schaft Dir Ruhe und Vergnügen.

月桂樹から飛び立つヒバリと朝焼けです。

激しい感情を抑える術を学びなさい。

そうすれば安らかさと満足が得られます。

Ein Mohr, der sich wäscht, und eine Larve.

Vergebens wäschet sich der Mohr,

Denn er bleibt schwarz. Der Thor bleibt Thor.

顔を洗っているモール人と仮面です。

モール人が顔を洗っても無駄なのです。

黒いのは変わりません。愚か者は愚か者のままです。

Nn

Eine arbeitsame Nonne, neben ihr ein Nadelkissen.

Fleiß und Kunst liebt jedermann:
Haft Du Arbeit, frisch daran!

Oo

Ein zum Opfer geführter Ochs, ein Altar und Priester.

Nicht Opfer fordert Gott der Herr;
Ein frommer Sinn ist ihm gefälliger.

Pp

Ein Pauker zu Pferde, hinter ihm einige Reuter.

Die Pferde zähmt Zaum und Gebiß,
Den Buben ist der Stock gewiß.

Eine arbeitsame Nonne, neben ihr ein Nadelkissen.
Fleiß und Kunst liebt jedermann:
Hast Du Arbeit, frisch daran!
仕事熱心な尼さん、その隣には針刺しがあります。
勤勉とすぐれた技はだれにでも好かれます。
仕事になったら、意気揚々とかかりなさい。

Ein zum Opfer geführter Ochs, ein Altar und Priester.
Nicht Opfer fordert Gott der Herr;
Ein frommer Sinn ist ihm gefälliger.
犠牲に捧げられる牛と、祭壇と司祭です。
主なる神は犠牲を求めてはいません。
御心にかなうのは信心深さなのです。

Ein Pauker zu Pferde, hinter ihm einige Reuter.
Die Pferde zähmt Zaum und Gebiß,
Den Buben ist der Stock gewiß.
馬に乗った太鼓たたき、その後にも馬に乗った人がいます。
馬は、たずなとはみで言うことをききます。
男の子は棒でたたくのがきき目があります。

Qq

Ein Reisender geht nach einem entfernten Hause.

Laß nie den Müßiggang Dir Deine Zeit verzehren:
Der Faule komt zu nichts, der Fleißige zu Ehren

Rr

Der Rabe läßt den Käse fallen, unter ihm der Fuchs.

Nimm Dich vorm Listigen in Acht:
Er ist auf Schaden stets bedacht.

Ss

Ein Schwein im Koth, an der Wand einige Schinken.

Mehr, als das allerschönste Kleid,
Schmückt und gefällt die Reinlichkeit.

Ein Reisender geht nach einem entfernten Hause.

Laß nie den Müßiggang Dir Deine Zeit verzehren:

Der Faule komt zu nichts, der Fleißige zu Ehren.

旅人がはるかな家路をめざして歩んでいます。

だらだらと時間をつぶしていてはいけません。

怠け者はどこにもたどりつけず、働き者は名誉にたどりつきます。

Der Rabe läßt den Käse fallen, unter ihm der Fuchs.

Nimm Dich vorm Listigen in Acht:

Er ist auf Schaden stets bedacht.

カラスがチーズを落とし、下ではキツネが待ちかまえています。

ずる賢い人には気をつけなさい。

いつもすきをねらっています。

Ein Schwein im Koth, an der Wand einige Schinken.

Mehr, als das allerschönste Kleid,

Schmückt und gefällt die Reinlichkeit.

豚が糞にまみれ、壁にはハムがぶら下がっています。

どんなに着飾っていても

何よりもおしゃれで好かれるのは、混じりけのない心です。

Tt

Eine Taube, die nach einem Thurm fliegt.

Die Taube liebt das Tages-Licht.
Der Fromme scheut den Richter nicht.

Vv

Ein Vogelsteller beym Vogelfangen, und eine Sanduhr.

In seine eigne Schlingen fällt
Oft der, der andern Netze stellt.

Ww

Ein Wald, wohin der raubende Wolf läuft.

Mache Dich beliebt; thu allen,
Was erlaubt ist, zu gefallen.

Eine Taube, die nach einem Thurm fliegt.

Die Taube liebt das Tages-Licht.

Der Fromme scheut den Richter nicht.

鳩が塔をめざして飛んでいます。

鳩は日の光を好みます。

信心深い人は審判をおそれません。

Ein Vogelsteller beym Vogelfangen, und eine Sanduhr.

In seine eigne Schlingen fällt

Oft der, der andern Netze stellt.

鳥を捕らえている鳥刺しと砂時計です。

他人に罠をしかける人は

しばしば自分の罠にはまるものです。

Ein Wald, wohin der raubende Wolf läuft.

Mache Dich beliebt; thu allen,

Was erlaubt ist, zu gefallen.

獲物をねらうオオカミが森をめざして走っています。

人に好かれるようになさい。してよいことは

誰にもしてあげなさい。

Xx, Uu

Ein Rechenbrett, woran Zahlen ausgestrichen werden.

X. U.
X. U.

Edler Fleiß und wahre Tugend.
Sind der beßte Schmuck der Jugend.

Yy

Ein Ygel und eine Staude.

Den Ygel schützt zwar sein Gewehr,
Doch schützt des Menschen Hand noch mehr.

Zz

Ein Wald, worin ein alter Mann und Knabe.

Willst Du im Alter ruhig seyn,
So sammle in der Jugend ein.

Ein Rechenbrett, woran Zahlen ausgestrichen werden.

Edler Fleiß und wahre Tugend.

Sind der beßte Schmuck der Jugend.

計算板の数字が消されるところです。

気高い勤しみとほんとうの慎みこそ

若者にとって一番上等の飾りです。

Ein Ygel und eine Staude.

Den Ygel schützt zwar sein Gewehr,

Doch schützt des Menschen Hand noch mehr.

ハリネズミと草むらです。

ハリネズミの武器は身を守ってくれますが、

人間の手は身を守る以上に役に立ちます。

Ein Wald, worin ein alter Mann und Knabe.

Willst Du im Alter ruhig seyn,

So sammle in der Jugend ein.

森の中に老人と子どもがいます。

年老いてから安らぎたいのなら、

若いうちから蓄えておきなさい。

1 『ロビンソン・クルーソー』：イギリスの作家、ジャーナリスト、ダニエル・デフォー（Daniel Foe、1660-1731）作の小説（Robinson Crusoe、1719年）。難破をきっかけとする生き残りを賭けた物語は単に筋の面白さだけではなく、教育的効果が高く評価されたこともあって、後に多くの模倣作を生み出した。

2 「フィーベル」：(Fibel)、今日では一般に精選した語彙を用いた入門的な読み方の教科書を指す。その発展の初期においては後述のABCの本と同じであった。以後は「初等読本」と記す。

3 Stahl（シュタール）は「鋼」、Steffan（シュテファン）は人名。Stiffel（シュティフェル）は現代ドイツ語のStiefel（シュティーフェル、「長靴」）、Stupfeln（シュトゥプフェルン）は同じくStapfeln（シュタプフェルン、「とんとんと踏みしめて歩くこと」）のことと思われる。

4 ABC読本：(ABC-Buch)、文字通りアルファベットを幼い子どもに教えるための本だが、加えて読み方、教義を教えるものでもあり、楽しい読み物を提供するものでもある。

5 ヨーハン・バルホルン：Johann Ballhorn（1528-1603）、リューベック（現シュレースヴィヒ・ホルシュタイン州）の印刷業者。ちなみに彼の名は「改善しようとしてかえって悪くなる」意の動詞（ballhornisieren, verballhornen）に残っている。

6 コルトゥム：Karl Arnold Kortum（1745-1824）、ボーフム（現ノルトライン・ヴェストファーレン州）の開業医。グロテスクで滑稽な英雄叙事詩『ヨプスの物語』（Jobsiade oder Leben, Meinungen und Taten von Hieronymus Jobs, dem Kanditaten）、全3巻（1784年）を書き、挿絵も手がけた。

7 フリードリヒ・ヘンペル：Friedrich Ferdinand Hempel（1778-1836）：アルテンブルク（現テューリンゲン州）の弁護士、公証人。後フリーの作家となる。

8 ジャン・パウル・フリードリヒ・リヒター：Jean Paul Friedrich Richter（1763-1825）、ドイツの作家。豊富な知識と想像力、ユーモア精神で数多くの作品を書いた。

9 官庁用の文字：15世紀から19世紀にドイツ語圏で公文書や記録に用いられた。装飾性を帯びた文字。

10　ヴィルヘルム・ブッシュ：Wilhelm Busch（1832-1908）、ドイツの画家、作家。『マックスとモーリッツ』を始め、ユーモアにあふれ、機知に富んだ数多くの絵物語を描いた。

11　ミュンヘン一枚絵：ミュンヘンのブラウン・ウント・シュナイダー社から発行された紙一枚の出版物（1848-1898）。文学・芸術や教育的内容を絵入りで伝えた。多くの画家が貢献したが、その中で最も著名なのが上述のヴィルヘルム・ブッシュだった。

12　ドナティウス：Aelius Donatius（生没年不詳）。4世紀頃のローマの文法学者。

13　コメニウス：Johann Amos Comenius（1592-1670）、チェコの僧職者、教育者。『世界図絵』（後述）や『大教授学』他の著作がある。

14　ルター：Martin Luther（1483-1546）、神学者、キリスト教の改革者。改革の一つとして聖書を原典からドイツ語に翻訳し、信者が直接手に取れるようにした。方言差の克服を目指した翻訳は共通ドイツ語の成立に大きく貢献した。

15　マルク・ブランデンブルク：ドイツ東部のベルリン周辺の地域。マルクは「辺境」を意味した。現ブランデンブルク州（州都はポツダム）。

16　ユンカー：ドイツの東エルベ地方の農場を経営した地主貴族。プロイセン王国の中核を成す高級官僚・軍人を輩出した。

17　エーベルハルト・フォン・ロホ：Friedrich Eberhard von Rochow（1734-1805）、プロイセンの貴族、将校。負傷して軍務を退任後、領地経営に専念し、汎愛主義（後述）に共鳴した先駆的な学校を設立した。

18　クロイツァー：13世紀から19世紀にかけて南ドイツ・オーストリア・スイスで用いられた少額貨幣。

19　ヴァイセ：Christian Felix Weiße（1726-1804）、ドイツの詩人、作家。特にドラマ作者として好評を博した。ドイツで最初の子ども向け雑誌「子どもの友」24巻を1765年〜1782年にかけて刊行し、成果を上げた。

20　F. P. ヴィルムゼン：Friedrich Philipp Wilmsen（1770-1831）、ドイツの神学者、教育者。教育関係を中心に多数の著作を執筆した。

目で見る

　6歳の子どもたちは、字を読むだけではあきてしまいます。私たちが子どもを学校に送り出す時期は彼らの遊びたい盛りです。ですから遊ばせながら教えるのはもっともなのです。このような場合には、例えば、アルファベットをお菓子の生地で焼いて、子どもたちに文字の知識をとても楽しい方法で身につけさせたことがあったな、ということを思い出せばよいのです。これがバーゼドー[1]の用いた味わいの深い視覚教育法でした。

　初等読本もわかりやすい絵を使うのは常用手段でした。あの有名なアモス・コメニウス[2]はこれを実際に利用しました。彼の不滅の『世界図絵』は1658年に出版されました。最も古い子どもの本と見てさしつかえありません。

　この影響力の大きい、くり返し模倣された作品は、誰もがご存知のことと思いますが、すべて絵を通じて学ぶことを基本にしています。この本は日常生活のあらゆるものを、超感覚的なものさえも、木版画の中に付した番号とともに、数百枚のハガキ大の図版に素朴で荒削りに描写しています。その下に説明が

ラテン語とドイツ語で併記され、これにラテン語の語彙表が加わった三列構成になっています。ラテン語とドイツ語のリストは、使用する上で全体の実用性を高めています。この作品は手に取りやすい八つ折版[3]で印刷されていますが、天上と地上に存在するありとあらゆるものが収められていて、かなり厚い本となっています。地獄の劫火でさえも見過ごされていません。ですから序文には誇らしげに「この本を読めば一人の人間が知るべきこと、欠かせないことがすべて見つかります」と書かれています。また人生で最も力がつく少年少女時代に、貧弱な言葉しか与えないことに熱く反対しています。続いて序文には「さらにうれしいのは実用的な、あるいは具体的な例です。無知を癒やしてくれるのは芸術と知識です。しかも本は少年少女の関心を、描かれたものに引きつけ、知恵を学びながら愉快に会得するのに役立つのです。」と書かれています。

　『世界図絵』にも初等読本のような動物の鳴き声の手引きが、昔の多くの読本に見られるような挿絵とともに収録されています。ちなみにこの本はむしろ絵本、あるいは事典なのです。な

コドヴィエツキ画、バーゼドーの『初等教科書』（1770年）から、乗馬の授業

ぜなら文章同士が互いに関連し合っていないからです。

　『世界図絵』は何世代にもわたって改訂、変更、修正されて、児童文学史の一章それ自体となっています。1768年にヨーハン・バーゼドーは非宗教的な教科書を論じた著作を出版し、その中で有名な『初等教科書』（Elementarwerk）の刊行を予告しています。この本自体は、４巻のテキストと、コドヴィエツキ[4]他の名人の手による、二つ折[5]大の精緻な96枚の銅版画となって1770年から74年にかけて刊行されました。価格は12ターラー[6]でした。

　視覚教材でもあるこの図鑑は、子どものための芸術作品と見ることもできます。

　この作品全体が多くの点でコメニウスを模範としていますが、絵の中で披露されている事物や概念は、短くまとめずにある部分は教師用、また別の部分は子ども自身用として互いに関連づけて説明されています。1779年にすべて絶版となり、愛書家が求めてやまない貴重な本となっています。

　教育学の教授であった J. S. シュトイ[7]は1784年に子どもの

コドヴィエツキ画、バーゼドーの『初等教科書』（1770年）から、
乗馬の授業

ために『絵による学校』（Bilderakademie）を54枚の銅版画と2巻からなる分厚いテキストとして出版しました。このニュルンベルクで刊行された作品は語り口の点でバーゼドーのよりも魅力的です。バーゼドーのは、哲学的により高い観点から若い人たちに知識を授けようとしていて、その前では大人でさえも恐ろしくて身振るいします。より穏健なシュトイは、論文調というよりももっと素朴な形で語ってくれます。彼は天地創造、自然界、聖書の物語について寓話や一口話を交えて楽しくお話しています。シュトイは聖書の出来事と巧みに結び付けて語ることを心得ており、バーゼドーが用いたのとほぼ同じ画家たちに描いてもらっています。

　第三の初等教科書は、同じ銅版画家、コドヴィエツキの手を借りたものですが、シュネプフェンタールの教育者、クリスティアン・ゴットヒルフ・ザルツマン[8]の貢献によるものです（1782年）。ザルツマンには後ほどお目にかかることになります。この作品はバーゼドー以上に教師向けとなっています。

　この三種の本は、これから向かう先が悲しい荒野、つまり、教訓的・道徳的なものであることをはっきり示しています。原初から現代まで子どもたちと関わっていく道の途上で果てしなく多くの過ちが犯されました。児童文学のいずれの著者たちの心身にも家庭教師が潜んでいます。例外はほとんどありません。いずれにせよ汎愛主義者たちも知識にたっぷりと砂糖をかけて提供していることに変わりはないのですが、これらの本の方が、知識欲に燃える年頃の子どもたちに、明るく、子どもにふさわしい調子で語りかけており、また著者自身をお話の背後に隠したりせずに、歴史、博物、道徳から栄養を提供していて好ましいと私は思います。

1　バーゼドー：Johann Bernhard Basedow（1724-1790）、18世紀ドイツを代表する教育改革者。デッサウにその教育思想を実践する「汎愛学舎」を設立した。学校自体は長くは続かなかったが、その教育方針は大きな影響を及ぼした。

2　アモス・コメニウス：前章、注10参照。

3　八つ折版：全紙を三度折りたたんで一枚を八分の一にした判型。ドイツ工業規格（DIN）の導入以前の「小八つ折」は高さが18.5cm、「大八つ折」は25cm までの差があった。後述の二つ折は全紙の半分の大きさということになる。

4　コドヴィエツキ：Daniel Chodowiecki（1726-1801）、画家。ゲーテ、シラーなど著名な文学者の作品のために銅版の挿絵を製作した。

5　二つ折：注3参照。

6　ターラー：16〜18世紀頃ヨーロッパで広く使われていた大型銀貨。作曲家、J. S. バッハ（1685-1750）のケーテン時代（1717-1723）の本俸は33ターラーで、ケーテン侯爵の臣下で第二位の高給であったという（礒山雅『J・S・バッハ』、講談社、98頁）。

7　J. S. シュトイ：Johann Siegmund Stoy（1745-1808）、ドイツの神学者、教育学者。ニュルンベルクに学校を設立。

8　クリスティアン・ゴットヒルフ・ザルツマン：Christian Gotthilf Salzmann（1744-1811）、牧師、教育者。始めバーゼドーが率いるデッサウ（現ザクセン・アンハルト州）の汎愛学舎で宗教教育を担当し、後にゴータに近いシュネプフェンタール（現チューリンゲン州）に自ら学校を設立した。

W

楽しい教科書

　カール君はいやいや学校へ行ったそうです。彼が初登校からもどってくると、お母さんが、「学校はどうだった」、と尋ねました。するとカール君はがっかりして答えました。「んー、行かなきゃよかった」。このことばは、カール君の先生がお話を楽しくできなかったことを物語っています。この基本的条件が子どもの先生たちにどれほど認識されているか、そして少なくとも推進の努力がなされたかは、これまでの章でおわかりのとおりです。初等読本に盛られたことば、「目で見る」教科書、アルファベットを教える絵、それらはみな親しみやすさの目印です。どこであれ楽しく覚えることは、これら教える活動の一番の基本です。

　1584年の ABC の本には次のような詩が載せられています。

　　　生徒にはすることが九つあります。
　　　早起きして、さっさと服を着る、
　　　髪をとかして、手を洗う、
　　　神の御恵みをお祈りする、
　　　休まず毎日勉強しに行く、
　　　先生に言われたことはすすんでする、
　　　慎み深く、あまりおしゃべりはしない——
　　　こうすればいいことがありますよ。

　この詩を目にして腹を立て、「退屈で無味乾燥な、韻を踏ん

だだけの散文だ、中身のない手なぐさみだ」、と言った人がいます。昔の詩人の子どものような素朴さ、しだいに小さくなって消えていく竪琴の音にも合った、心地よい調子が、そのかわいそうな人には感じられなかったのです。お気の毒に。

　礼儀作法書の先駆けとなる、詩の形をとった教科書はとても古くからあります。食卓の作法書、子どもの作法書は13世紀から伝えられています。自らこの種のものをいくつか手がけた、実直なハンス・ザックス[1]の時代につくられた子どものしつけの詩をお目にかけましょう。

　　　　　服はきれいに、清潔にしておきなさい、
　　　　　手と顔を洗いなさい、
　　　　　人目に立つほど頭をかきむしってはいけません、
　　　　　ふざけてはいけません、さもないときらわれて、
　　　　　馬鹿だと言われてしまう、
　　　　　これはこまったこと、用心しなさい。
　　　　　つばを吐いたり、くしゃみをしたくなかったら、
　　　　　手間を惜しまずに、
　　　　　人から遠く離れて、
　　　　　ハンカチを口に当てなさい。

　食卓の作法についてはこう言っています。

　　　　　ていねいに三本の指を使って食べなさい、
　　　　　けっして口にたくさん詰め込まないように。

　そして最後はこうです。

J. E. ガイラー『世界図絵』から、1833年

飲み食いを終えたなら、
感謝を忘れてはいけません。
席を立つときはいつも言いなさい、
恵んでくれた神さま、どうもありがとう、と。

　子どもたちにしてほしいと思っていることとは、ちょうど正反対の、身の毛もよだつような見本を示した、してはいけない食卓の作法を述べたものもありました。この「山出しの」教訓詩はもちろんとても粗野なものでした。そうしたがさつなものの中から特に目立つものをここでお目にかけられないのは、とても残念です。——つまりやめておこうと思うのです。

　詩の形式をとった慣習の問答書は、さらに長い間教育の本に

46

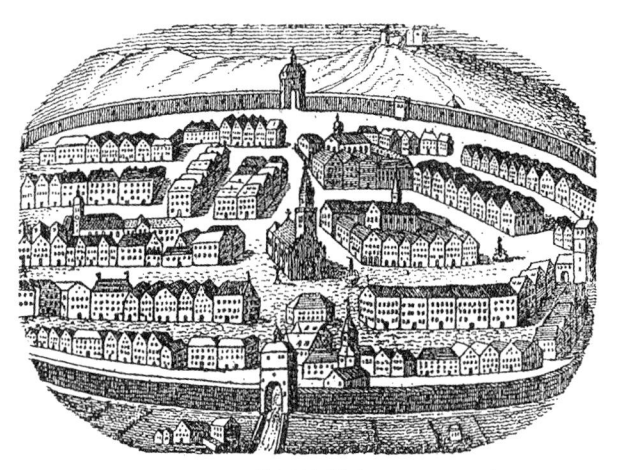

J. E. ガイラー『世界図絵』から、1833年

影響を及ぼし続けました。この種の長続きした師匠はアウクスブルクのグラーフ先生[2]でした。彼の韻文による、良い作法の書は18世紀の前半に出版され、1830年代になってもなお新版を重ねていました。口やかましい女家庭教師のお眼鏡に必ずしも適わない『礼儀正しい生徒』のかなりいい部分を今度こそ紹介しないわけにはいきません。

> お作法とは何でしょう。他の人からかわいがられるよ
>   う、
> 好かれるように、行儀良くすることです。
> でも行儀良く振る舞わなくてはならないのは誰でしょ
>   う。
> わたし、あなた、あの方、わたしたち、あなたたち、
>   あの方たち、そしてわたしたち全員です。
> ──荷車を引く馬のように音を立てて通りを走っては

いけません。

口をぽかんとあけて見回してはいけません。さもない
　　とお馬鹿さんになってしまいます。

目上の方に道でお会いしたら、

お辞儀をするようになさい。

他の人より先にテーブルについてはいけません。

これは恥知らずな人のすることです。

スプーンに食べものがあるときは揺れ動かないように
　　しなさい。

さもないとあなたの育ちが分かってしまいます。

しきりにスプーンを吹いてさまそうとしてはいけませ
　　ん。

一口ごとにせわしくフォークを動かしてもいけません。

ナイフをいつも手にしていないように、

テーブルの武器をときどき休ませなさい。

脂ものが出ても口やあごを

豚のように袖でごしごしこすらないように。

皿に置かれたものを鉢に戻してはいけません。

あなたに盛られたものを他の人は食べたがりません。

皿にたくさん取りすぎてもいけません。

さもないと皿が貯蔵庫になってしまいます。

頭をかいてもいけません、さもないと近くに

けだものがいると言われてしまいます。

テーブルにひじをつかないように、

さもないとしつけが悪い人と思われてしまいます。

鼻をかむときは大きな音を立ててはいけません。

他の人たちをびっくりさせてしまいます。

たとえ用心していてもこのようなことがあなたの身の
　上におきたなら、
その後で鼻を見たりしてはいけません。
他の誰かがくしゃみをしても、「お大事に」などと言
　わないように。
黙っている方がよいでしょう。

　地理の詩も私の手に入りました。もちろん比較的新しいもの
ですが、昔の模範にならったものです。

　　リッペ゠デトモルト公のお国では
　　ヴェーザー川が北に流れ
　　デトモルトには城がある
　　これはほんとにほんとだよ

　この「速習と暗記にうってつけの教科書」の著者はカーティ
ンカ・ツィッツ[3]です。愉快な詩は、確かに無味乾燥な教科書
の文句よりもすばやく頭に入ります。
　子どもたちのすばらしい友であったラフおじさん[4]も、その
ように考えていました。彼は、「子どもたちが楽しみ、そして
満足して読みたいならば、欲しいと思うような、そして持たな
くてはならないと思うような語り口で」それまで書かれた中で
も最もすばらしい博物学を提供してくれました。「あるときは
私が子どもたちとともに語り、あるときは子どもたちが私と語
り、今度は子ども、あるいは私が動物と語り、別なときには動
物にその物語を語ってもらいました。さらに私たちは大洋に船
を出し、アザラシやクジラを捕まえるのを見ます。要するに、

J. E. ガイラー『世界図絵』から、1833年

　私の好きな少年少女に気に入ってもらえそうな本を書くためには、何でもやってみましたし、やってみようとしました。そしてこの人たちに気に入ってもらえれば、私の方法の価値は幸せにもはっきりすると思います。——この作品がよい結果を生まないということがあるでしょうか。生まなくてはならないのです。」と彼自身言っていました。

　子どもたちとおしゃべりをする調子のよさでラフは抜きん出ています。

　「さて、大きなワシ君、君とまず友だちになりたいと思います」

　「それは光栄です」

　「君は高い木々や険しい岩壁の上に住まいをかまえ、小さな動物たちを生きたまま捕まえて食べていますね」

「ええ、ぼくはそうしています。ぼくたち、ワシの仲間は、大きいのも小さいのも、黒いのも灰色のもみんなそうしています」

「そうなのですか。そうすると君の仲間には赤いワシもいるのでしょうか」

「ええ。おります。でもぼくがすべてのワシの王なのです。9番目の図版の第2図がぼくの絵です」

どうして今日の教科書は、このような活気ある授業を提供しないのでしょうか。子どもが動物とおしゃべりすること以上に自然なものがあるでしょうか。

「豚さん、あなたのことを話してよ」
「お話しできることなんてないわ」
「そんなことはないだろう。話してよ。話してったら。困った奴だな。糞や堆肥の中で歩き回ったり、畑や草地や庭を踏み荒らしたり、でなければありとあらゆるいたずらしかすること

G. C. ラフ『子どものための自然史』から、1778年

しかできないのなら、そうしているがいいや。だから話してよ。それともぶたれたいのか」

「ではどうしてもしろと言うの。勝手にすればいいわ。私で稼ぎたいのなら、放っておいてよ」

「話すのをやめろ。とんでもない雌豚だ…」

　教育によって損なわれない形で書かれた、あの時代のものがもっとあるとよいのですが。この本は1778年、児童文学がまだおむつをしていた頃に出版されました。もちろん教育者の中にはあまり満足しない人たちがいました。それで後の版では動物との対話の多くが削られてしまいました。いや、ほんとうに改作者とやらはそういうものを全て捨て去るのです。そしてこの痴れ者はその版を「改訂した」と称するのです。

　ここで私は、子どものための偉大な古典作家であるカンペ[5]の恩恵を受けた、とてもすてきな作品を思い出したいのです。それは1802年にクニッテル詩句[6]を用いて書かれた『歴史絵本』で、アダム[7]からロムルス[8]までの物語、「一方にはひげがあり、他方にはない、きゃしゃな男の子と女の子、がいた天国」のお話、酔って理性をなくしたノア、こっけいにも言葉が混乱するバベルの塔の建設、その他多くのまじめな、そして愉快な事柄が語られています。

　カンペが、言葉の点で、すばらしく機知に富んだ叙述をしているのは、私たちにはすっかりおなじみのことですが、本そのものが丸ごとそっくり、子ども同様大人をもとらえることがあるのです。児童文学にあってはそうあってほしいものです。わずか180頁少々に載せられているカーテル[9]の完璧なまでに美しい30枚の銅版画は、私たちの小さな本を、言葉においても絵

においても光り輝くまれなる宝物にしています。カンペの他の著作はもっと数多く今日まで伝わっていますが、この本そのものは今日第一級の稀覯本になっています。

　私は長いことラフとカンペのもとにとどまってしまいました。私たちが感謝の気持ちで思い出すのを、二人が天国で喜んでくれるといいのですが。教訓的内容を収めた革装丁本に不足はありませんが、私たちはそれほど注意を払わなくてもよいでしょう。子どもたちを教育しようとする人に思い起こしてほしいのは、子どもたちが重々しい態度でやって来はしないことです。彼らにはまだ人生を深刻に受け止める理由など全くないのです。ですから教育、神話、芸術史、天文学、人類学の本を子どものために書く人は子どもたちを笑わせて下さい、少なくとも生き生きとした語り口で楽しませて下さい。いや、そうは言ってもこの呼びかけは役に立ちそうもありません。そうした人々は100年も前から教育学者としてはるかに高い所に登ってしまっているのですから。

これは3本の同じ長さの辺を持つ三角形。これを正三角形と言います。

　僕はもう、グラスも描けます。それに帽子やカップや鍵も。——見て下さい、ちゃんと描けてますか。

これはビールグラス。これでミルクや水を飲みます。子どもたちにとっては水が最も健康に良い飲みものです。

これはワイングラス。これでワインを飲みます、あればの話ですが。

これは帽子。出かけるときはこれをかぶります。礼儀正しい子どもたちは先生に出会ったときは帽子を取ります。

これはカップ、これでミルクやスープを飲みます。

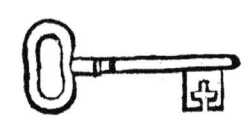これは鍵、これで扉に錠を下ろします。きちんとした人たちは、鍵を部屋の中のあちこちに置いたりしないものです。

ある初等読本から「ためになる知識」、ベルリン、1853年

1　ハンス・ザックス：Hans Sachs（1494-1576）、ニュルンベルクのマイスタージンガー（職匠歌人）として知られる靴づくりの親方。近世のドイツの職人の間でたしなまれた職匠歌作りの名人。ドイツの都市の職人たちは中世の歌謡の規則を受け継ぎ、発展させた職人芸のような厳格な歌作りに励んだ。

2　グラーフ先生：Andreas Christoph Graf（1701-1776）、教育者、作家。彼の『礼儀正しい生徒』は詩の形式をとってマナーを楽しく教えるものだった。

3　ツィッツ：詩人、作家の Kathinka Zitz-Halein（1801-1877）のことか。不詳。

4　ラフおじさん：Georg Christian Raff（1748-1788）、ゲッティンゲ

ン大学で歴史、哲学、自然科学を学び、特に自然科学分野での教授法の発展に寄与した。

5　カンペ：Joachim Heinrich Campe（1746-1818）、ドイツの教育者、言語研究者、出版者。ハレ大学等で神学を学んだ後、フンボルト兄弟（兄ヴィルヘルム［1767-1835］はプロイセンの政治家、言語学者で、ベルリン大学の創設者。弟のアレクサンダー［1769-1859］は探検家で博物学者、海流やペンギンにその名が冠されている。）の家庭教師、バーゼドーの汎愛学舎の教師を経て、自らの学校をハンブルクとホルシュタインに設立した。ブラウンシュヴァイクの督学官として学校制度の改革にも取り組んだ。児童文学の分野ではデフォーの「ロビンソン」に刺激を受けた『ロビンソンⅡ世』（1779-1780、邦訳名『新ロビンソン物語』）を書いたことで知られている。

6　クニッテル詩句：1行に揚格（アクセントのある音節）を4つ、抑格（アクセントのない音節）を自由とし、2行を一組として脚韻を踏む詩句。

7　聖アダム：聖書創世記で神によって作られた人間の祖。

8　ロムルス：伝説上のローマの建国者。

9　カーテル：Franz Ludwig Catel（1778-1856）、風景画や風俗画を中心に活躍した。本の挿絵にも貢献している。

娯楽読み物の先駆者たち

　児童文学史は、キリスト教会に由来する『魂の慰め』という題名の、15世紀初めの手書きの本について触れています。この本には聖書、寓話、メルヘン、聖人伝説に由来する十戒の物語が収められており、まずまず読むに耐える物語だったようです。つまり初等読本は別にして印刷技術が発明される以前に、お坊さんが手書きした物語の本がすでにあったのです。他のいくつかの子どもの本と同様に、今日では、子どもはもちろん大人でさえも読みたくないような物語であることも、合わせて言っておいた方が良いかもしれません。礼儀・作法の意味は移り変わることがあります。ここでも先立つ世紀には、教育を受け素朴でなくなってしまった私たちとは別の考え方をしていたことが分かります。

　お坊さんの書いた子どもの本も、絵で飾られていたかどうかについては児童文学研究者は報告していません。もしかすると小さい絵が付いていたかもしれません。いずれにせよその本は読んで聞かせるためだけのものであり、子ども自身の手に渡されることはなかっただろうと思います。

　それにしても、子どもたちに本への関心が芽生えたとき、子どもたちはどのような読み物を見つけたのでしょうか。まだ子どものための本がなかったときに、子どもたちは何を読んだのでしょうか。それに答えるのは簡単です。

　当時、絵を見たがる子どもの欲求にこたえたのは、何よりもまず聖書でした。本が印刷できるようになって木版画や銅版画

『新イソップ寓話』から、19世紀初頭

が添えられてからはなおさらでした。私たちの先祖が蓄えていた本は一般につつましいものでしたが、およそ読めるものがあった場合、絵入り聖書はその数少ない中の一つでした。ですから、絵を見ている子どもの背丈ほどもありそうな聖書の一巻を、指をなめなめめくった男の子も実際にいたことでしょう。

　聖書から生まれたのが、聖書にまつわる物語です。そしてこれらの他にほとんど宗教読本と言って良いものがありました。どうしてこんなものがあるのか、私にはなかなか分かりませんでした。私たちの子どもがおそらく大好きだった本の一つがヴィーデマン[1]の聖書物語でした。その中でも最もすばらしいのは「トビアスとその犬」[2]、「アブサロムの最期」[3]あるいは「ヨセフのエジプト体験」[4]でしょう。それにしても聖書の箴言やキリスト教の格言で貫かれた本は私たち幼い子どもにとって身の毛もよだつものでした。昔の子どもたちはなぜ今より不健康な判断を身につけなければならなかったのでしょうか。ルーカス・マルティーニ[5]牧師の本、『キリスト教を信じる乙女の栄冠』（1580）や、せいぜいで堅信礼の日にしか読まれないような類似の道徳の本を教え込まれなくてはならなかったのでしょ

うか。現在よりも荒々しい時代には、より歯ごたえのある読み物が好まれたと考えた方がよさそうです。こうした、あまりにも信仰心を育てることを目的としたもののほかにも、子どものための世俗的な本も当時すでに何冊かあったのです。

1490年にアレンドルフ・アン・デア・ヴェラ[6]に生まれた寓話作者ブルカルト・ヴァルディス[7]は子どものために印刷された娯楽の本を出してくれた最初の人と言って良いでしょう。彼はその『すっかり新しく書き改めたイソップ物語』で、自分で改作できる学識のある人のためではなく、男の子も、女の子も、愛する子どもたちの役に立ち成長を促すために出版したのだとはっきり言っています。1548年のことでした。

この本は昔の題材もあれば、自分の創作もたっぷり織り込んだすばらしい、内容十分な作品です。けれども今日ではこのイソップ物語を少女たちの手には渡したくないでしょう…400の寓話すべてのできが良いという訳ではありませんし、たくさんあるすばらしいものの中から抜粋するのも難しいでしょうから。

一度に二人の妻を欲しがった軽はずみな若者の物語で満足することにしましょう。

若者とおおかみの話

昔元気のいい若者がおりました。
若者は父親のところへ行って言いました。
「このままではやりきれません。
ですから助けて下さい。ぼくは妻がほしいのです。
お父さんには財産があるのですから、
二人同時に養えるでしょう。

何とかならないでしょうか。
結婚式を挙げるのは大変でしょうか。」
父は言った。「息子よ、
どうか落ち着いておくれ。
それはやはり考えものだ。
馬を買うのとは違うのだ。
馬なら好きなときに売れば良い。
野に放っても良い。
お前に妻は手に負えない。
まずはよく考えるがいい。
私の言うことを聞くつもりがあるならば、
まず一人を娶るが良い。
そして一年一緒にやってみることだ。
その上もう一人欲しくなって
その思いをしずめられないのなら、
好きなようにして、もう一人娶るが良い。」
こうして父は息子に一人娶ってやった。
息子はその女と半年暮らした。——
多くの雌牛を食い荒らし、
子牛や羊や子羊をかみ砕いた
大きなおおかみが、ある所で
捕らえられたことがあった。
このような悪行にはどのような刑罰が
ふさわしいかが話し合われ、
決定を下そうとした。
そのときに先ほどの若者はこう言った。
「身も心も罰したいのなら、

妻を与えるのが良いでしょう。
ぼくと同じく、嫌でもなすべきことをこしらえてくれ
　　ます。
そうすればその者をこらしめたことになるのです。」
妻を持つような
災難が与えられた者は、
ヘロディアスとイサベル[8]のように
地獄よりもつらい思いをすることになるのである。

　まさに時代の子であったヴァルディスおじさんの作品は数多くの版や新たな印刷を重ねましたが、何世紀もの時の流れについて行けなくなりました。それでもなお、彼の著作の奥から金の粒を、いくつかでも拾い上げたいという誘惑には勝てません。例えば次のようなものです。

つねに敬愛されている人は幸せだ、
地上でそのような人を知る人は数少ない。

音楽やその類の芸術は良いものだ、
それらをほどほどに用いるならば。

富裕な市民の利得と信心は
両者の和合から生まれる。
両者の不和は苦労してつくり上げたものを
揺るがせ、壊してしまう。

動物はみなその仲間と群れて

互いに仲良くしている。
人もそのように振る舞い
友愛を壊さないようにしなさい。

自由はとても大切な宝だ、
平穏のうちに自由を持つものは幸せだ。
さほどの財貨を持たなくとも
自由があれば十分だ。
だからことわざもこう言っている、
「自由は誰にも遅れることなく実りをもたらす」

今日ではブルカルト・ヴァルディスは忘れられています。古い文学を愛する人にだけこの誠実な寓話作家の宝庫の扉が開かれているのです。

加えて1554年から58年にかけて出たヴィックラム[9]の本、『子どもの鏡』、『七つの大きな悪徳についての本』が、本来の児童文学の先駆けであると認めない訳にはいきません。でも、題名だけで十分でしょう。とても退屈ですから。けれどもロレンハーゲン[10]は1595年に聖書に由来するいくつかの物語と並んで意義のある第二の子どもの本、『カエルとネズミの戦争』を贈ってくれました。最近までとても人気のあった叙事詩です。これは『キツネのライネケ』[11]と近い関係にあり、全体としてボリュームがあり、子どもには骨が折れますが、題名には「元気な子どもを励まし、役に立つことを教える」、と書かれています。ホメロスの『イーリアス』のパロディーである、このカエルとネズミの戦争の英雄歌謡はその戦士たちの名前からして楽しませてくれます。

バウスバック（おたふく）、ドレックパッツ（どろは
ね）、クヴァドロクヴォー（げこげこ）、カコケラ（ケ
ロケロ）、ウキィ（キーキー）、コアクス（クワック
ワ）、ケケックス（ケケケケ）──パルテーケンフレ
ッサー（物乞い）、ブレーゼルディープ（パンくずく
すね）、テラーレッカー（皿なめ）、ヴルストリープ
（ソーセージの君）、グートビスヒェン（荷かじり）、
シュパールクリュムライン（パンくずため）

　これ以上ふさわしい名前を考え出せるでしょうか。コウノト
リのバルトルト・ライゼトリット（忍び歩きのバルトルト）や
雄鶏のリーヒヴェッター（お天気嗅ぎ）も忘れられません。

　この後すぐにこれ以上すばらしいものが子どもたちのために
つくられることはありませんでしたし、これほど巧みに素朴で
子どもらしい調子で書かれることも、そうたびたびはありませ
んでした。このあまりに分厚くて、それゆえに難しい作品のひ
とつひとつの部分も今日の私たちからするととても魅力があり
ます。この叙事詩の入口からたちまち魅了されてしまいます。

ネズミ王の王子、
ブレーゼルディープ
カエル王の知遇を得ること

アシャーネス[12]がハルツの岩から生まれた
ザクセンの民とともに育ったところは
緑の森のただ中で
甘く、冷たくわき出る泉が
ファルケンシュタイン山沿いに流れ下り

大きな湖に注ぎ込み
暖かい日差しに照らされて
多くの木々や花々
多くのカエルや魚、多くのカニやカタツムリに
水をもたらしている。
ヨシはハシバミの杖のごとく育ち
ガマ、アシ、ヤナギ
その他の草々と区別がつきがたい。
山や谷で歌い、響くのは
ただ小夜鳴鳥ばかりでなく
ヨシキリやイワヒバリ
その他のものも深い茂みの中にいて
その巣や住まいは歌で満ち
その声は天に向かって響き渡り

水辺でこだまする。
その応える声は喜びを伝えていた。
まさしくここで長年にわたり
カエルたちが王国を築いていた…

　この豚皮装丁の古い本は750頁あり、拙い木版画が添えられています。——惜しいことに、そのうち少なくとも350頁は読み取ることができません。
　この有能な教員は、さらに多くの上品な寓話や物語を自分の3巻からなる作品に織り込みました。反論を呼びそうな、今日の子どもには理解不能で、読まれもしないようなものも多々ありました。ロレンハーゲンはブルカルト・ヴァルディス同様に粗削りな読み物を提供しましたが、ヴァルディスほど多くありませんでした。

　私は子どもの本の生みの親である上の二人について少し詳しくお話しました。彼らほど時代を越えて読み継がれそうな作品はほとんどなかったからです。17世紀から18世紀初めの子どもの本の題名を調べるのはげんなりします。極めつきの退屈さが息をしているのです。そういうものに1691年に出版されたラーベナー[14]の『役に立つ教訓詩』、1714年に出たヒュープナー[15]の『聖書物語』、同じ頃出た一種の百科事典『学問の香箱（Acera philologica)』、とどめに——やはり一部名を挙げているのにすぎないのですが——ヨーハン・ペーター・ミラー[16]の『子どもを高貴な心に教育するための歴史的・道徳的物語』があります。例えばこの本は5部からなり、1750年頃出版されました。それらにはとても教育的なことが含まれていますが、はるかな昔に

Der Mondregenbogen

Das Dampfboot

上：月虹[13]、下：蒸気船
『ヴィリバルトの外国旅行記』（出版年不詳）

絶えず至る所で花咲いていた、馬鹿げた話も入っていました。

「物理学から一つ例をお出ししましょう」と家庭教師が言います。「きのうの夜、幕電[17]をご覧になりましたね。このことから他の火にまつわる大気現象を説明することができます。結論はこうです。

Ⅰ．火はいずれも油成分と硫黄成分が混合したものからできています。

Ⅱ．幕電、鬼火、流れ星などは火です。

Ⅲ．したがってこれらすべての火にまつわる大気現象は大気中にある油成分と硫黄成分の混合から成り立っています。」

筋の通った結論ではありませんね。

それぞれの巻はおよそ400頁あり、合わせて著者は、その果てしない序文の中で気持ちよさそうに、第一部にすでにあるお話を「彼らがここに快適な箇所を見つけたのですから」第二部でも繰り返すと言っています。冒頭に名前を掲げられた6人の、高貴な名家に生まれ、深い深い尊敬を受け、高い品格と高い学識のある貴顕の士と援助者への、すばらしく見事な献呈の辞を除くと、この18頁強に及ぶ序文全体にはほとんど何も読むに価するものはありません。純粋に哲学的な論文と並んで数篇の聖歌、ほとんど果てしのない一編の小説、ザムエル・ランヴィルの珍しい出来事が娯楽読み物を構成しています。例えば「快適な話し方の授業」とか、「人間の認識の一般的根拠について」とか、「他の人々を知る技術について」のような章を目の前にして、読者として想定された子どもはどのような子どもだった

のでしょうか。ひょっとすると私たちのひいおじいさんたちは、まだ小さかった頃の私たちとは別の人間だったのでしょうか。道徳がポタポタ垂れてきて、これをおそろしいほど一貫して19世紀まで保持してきた、この種の、背筋が寒くなる分厚い本は理解を越えています。身震いしながらそのような本から目をそらすと、この時代の殺伐とした荒野の中で、ほこりをかぶって干からびた種々雑多なアザミの下から、始めはまだおずおずと、やがてもっと元気よく大胆に、青々とした一きわ色鮮やかな花が芽を出してくるのに出会うと、ほっと安堵のため息が出てきます。

1　ヴィーデマン：Franz Wiedemann（1821-1882）、ドレスデンの高等小学校の教師の傍ら、子ども向けの聖書物語や算数の本を執筆した。

2　「トビアスとその犬」：旧約聖書続篇「トビト記」参照。

3　「アブサロムの最期」：旧約聖書「サムエル記下」参照。

4　「ヨセフのエジプト体験」：同上「創世記」参照。

5　ルーカス・マルティーニ：Lucas Martini（1548-1599）、経歴不詳。

6　アレンドルフ・アン・デア・ヴェラ：Allendorf an der Werra、ド

イツ・ヘッセン州の都市。1929年にゾーデンと合併してゾーデン・アレンドルフとなった。

7　ブルカルト・ヴァルディス：Burkard Waldis（1490-1556頃）、始めフランシスコ会修道士。後に新教の牧師となる。ドラマや寓話の本を書いた。

8　ヘロディアスとイサベル：ヘロディアスは新約聖書「マタイによる福音書」に出てくるヘロデ大王（新しい王［イエス・キリスト］の誕生に怯えて2歳以下の男児を皆殺しにするよう命じた）を、イザベルは旧約聖書「列王記」に出てくる稀代の悪女を指すか。

9　ヴィックラム：Jörg Wickram（1505-1560）、コルマール（現フランス）出身。コルマールやブルクハイム（現バーデン・ヴュルテンベルク州）で書籍業を営んだり、文書官を務める。謝肉祭や聖書にまつわる劇を執筆した。

10　ロレンハーゲン：Georg Rollenhagen（1542-1609）、マクデブルク（ドイツ東部、ザクセン・アンハルト州の都市）で説教師及び教師となる。後に同地のギムナジウム校長としてこの学校を北ドイツ有数の学校に発展させた。

11　『キツネのライネケ』：「民衆本」の章、注13参照。

12　アシャーネス：Aschanes（ラテン語形：Askanius）は、グリムの『ドイツ伝説集』によればザクセンの始祖で初代の王（桜沢正勝／鍛冶哲郎訳『ドイツ伝説集』（下）、人文書院、59頁）。

13　月虹：月明かりの下で見える虹。光が弱いことから色は淡い。

14　ラーベナー：Gottlieb Wilhelm Rabener（1714-1771）、作家、ジャーナリスト。さまざまな雑誌に風刺を込めたエッセイ風の記事を書いた。その書きぶりから「ドイツのスウィフト」とも呼ばれたという。

15　ヒュープナー：Johann Hübner（1668-1731）、教育者、作家。系図学、地理、歴史、詩学など多様な分野で執筆活動を行った。

16　ヨーハン・ペーター・ミラー：Johann Peter Miller（1725-1789）、神学者、教育者。専門分野の研究の他に教科書や子どもの本の分野でも活躍した。

17　幕電：遠くの稲光が雲に当たり光って見える現象。

民衆本

　子どもの本の制作者が実用書ばかり作って無理強いしても、子どもたちが読みたがるなどとは私には思えません。子どもたちはやはり楽しい読み物を自分で探してくるでしょう。子どもたちが楽しんでいるのはそのようなものだけです。ゲーテ[1]は子どもの頃、「その年に印刷された」、つまり毎年の歳の市で新たに販売された『オイレンシュピーゲル』[2]、『美しいメルジーネ』[3]、『フォルトゥナートゥス』[4]を読むのがとても楽しみだった、と語っています。ですからゲーテも同じ時代の、同じ年齢の子どもたちと何ら変わりなかったはずです。ヴォルフガング少年と同様に、彼以前と以後の世代の読書好きの子どもたちも、小銭で買うことができ、ほとんどどの家にもあった民衆本[5]をむさぼり読んだのです。私たちが子どもの頃も、語り口こそ素朴であっても波瀾万丈の物語、とりわけ『悪魔のロベルト』[6]が、グリムのメルヘンとともにとても人気がありました。ゲーテ自身が見つけ出してから百年以上経っていますが、私たちもくり返し読みました。

　一つの例外を除けば、民衆本が19世紀の最初の四半世紀以前に子どものために改作されることはありませんでした。とても興味深いのは、編者のヴィートマン[7]がその序文で力説しているように、ヨハネス・ファウストゥス博士の、実際にあった身の毛もよだつようなおそろしい物語[8]が、すでに1599年に子どもたちに提供されていることです。ちなみに昔は民衆本と子どもの本に厳格な区別はありませんでした。民衆本は大人と子ど

もの共有財産だったのです。1830年になってようやくグスタフ・シュヴァープ[9]が、『シルダの市民』[10]『ハイモンの四人の子どもたち』[11]『あわれなハインリヒ』[12]他11編の物語を子ども用に出版しました。これは同時に最初のまとまった民衆本選集でもあります。これらのお話は今日に至るまで子ども向けに絶えず新たに出版されたり、語り直されたりしています。ただ、残念なことに一部分にとどまっています。その文章はお目にかけるまでもないでしょう。それらはほとんどみな今でも手に入りますので、ここでは忘れられてしまったものについてだけ少し詳しくお話します。でも、『キツネのライネケ』[13]のことは話しておかなければなりません。大変よく読まれ、実にたびたび様々な版で印刷されています。子ども向けに最初に出たのは1836年でした。その後著しく独特の改作を施されました。この本はきわめて下品な箇所も削られていませんし、作者は不明ですが、完全な版としてライプツィヒのフォルクマー社から出版されました。もちろんその後の版では甘んじて「浄化」を受け入れなくてはなりませんでした。これはおそらく時代が下ってからも絶対的な上品さを守らなかった唯一の例でしょう。珍しいこととして触れておく価値があります。

　同じく民衆本に属する寓話は、道徳の持つ教育性の故に子ども向けの本に特に好まれて利用されました。私たちはすでにヴァルディスの『イソップ』[14]にはお目にかかっていますが、今日に至るまで毎年若い人のために寓話が出版されています。

　寓話はだいたいアンソロジーです。当時は大人の間でも人気のあったジャンルから抜粋して子どものために編集したのです。ただ、カンペやヴァイセといった人たち、確かに他の人たちもそうなのですが、寓話を子どものために考案したとはっきりは

『子どものためのイソップ寓話』からタイトル頁
（1794年頃）

言っておりません。ここでも例を挙げるのは避けた方が良いでしょう。なぜなら元祖であるイソップの不滅のお話が相変わらず行き渡っていますし、我が国のプフェッフェル[15]、リヒトヴェア[16]、ハーゲドルン[17]、レッシング[18]、ゲラート[19]を始めとする人たちによって新たに創作され、重んじられているからです。

しっかりした形をとった寓話は驚くべき深遠な精神から生まれたとも言えますし、子どもたちはその価値をわずかな例から汲み取ることができるでしょう。時には子ども部屋ではお目にかかれない知恵があると思っているにしても、とりわけそうあってほしいと願っているにしても、若い読者が寓話には教訓が備わっているから大切にするとか、知力の訓練に利用するなどとは考えない方が良いでしょう。子どもたちは含蓄に富んだ文章よりも人間のように話したり、知的にふるまう動物の方を間違いなく歓迎しているのです。

知恵が目覚めると試してみたくなるのがなぞなぞです。これも民衆文学の一ジャンルです。ですから様々な形で出版された子ども向けのなぞなぞの本が見つかります。民衆本は常に子どもの近くにあるのです。

私のコレクションで一番古いなぞなぞの本は——どうかこの種の本で一番古いものであると良いのですが——赤と黒で表紙が印刷されていてとても魅力的です。実際昔は人気がありました。『よりすぐりのなぞなぞ百題』（フランクフルト、1749年）に付されたヨーハン・クリストフ・ルートヴィヒ得業士[20]の序文はとりわけほほえましいものがあります。

「様々な、たくさんの科目に分かれている学校の宿題を前にして、私は生徒たちが含蓄のあるラテン語やドイツ語のなぞなぞで楽しんだり、生徒たちにとって面倒そうな修辞学の課題に

薬味をきかせたり、砂糖をまぶしたりしているのに気づいたものですから、空いている時間にせっせとなぞなぞを、一部は昔の本から集めたり、一部は新たに作ったりしてみました。優れた、ていねいな方法で生徒たちを教える多くの教師は勤勉でなくてはならないのです…」

　この本にはまずラテン語とドイツ語による本来のなぞなぞ、次いで説明と解答、「これらには合わせて道徳も込められ」、時には楽しい自然の歴史のお話、さらには付録として学校聖歌が掲載されています。たくさんの知識、もつれ合った理屈や高尚な思想に代わって、なぞなぞにまつわるすべてが読書好きの人たちに気に入ってもらえたので、作者はなぞなぞ百題の続編を出しました。いやそれどころか、神様が作者にさらなる命と力を与えてくれるならば、第三集もいつかライプツィヒの書籍見本市に出品すると約束しています。

　　私は森にいて、そこで暮らし、
　　たくさんの兄弟にびっしりと囲まれ、
　　魚のようにおしゃべりはせず、やがて殺されます。
　　私は人々に昼も夜も楽しみと元気を与えます。
　　答え：楽器
　　森の木はすべて全くおしゃべりしませんが、名人が木を用いて良い音色を出す道具を作り、それが音楽家の手に渡されて演奏されれば、たとえカトーのような気むずかし屋であっても[21]、人間の心と耳を楽しませてくれることでしょう。なぜなら練習を重ねた指が優美に弦をつま弾けば、老若男女みんな楽しむのが見てとれるでしょう。

この本を取り上げたのは、この本がつつましいながらも最も古い児童文学の中に気持ちの良い花を咲かせた一つだからです。これ以外のなぞなぞの本は、ずっと後になっても、形式の面ではともかく、内容の上ではもちろんとても似通っていますので、この例を挙げるだけにしておきましょう。これ以降の本にはラテン語は出てきません。私も上の例では、18世紀の生徒みたいに美しいヘクサメーター[22]を省いてしまいました。その代わり以後のなぞなぞ集にはもっとたくさんのなぞなぞが収められています。中には厳格な文化通なら「けしからん」と言いそうなのもあります。ラテン語のことわざにあるように「自然に醜いものなし」なのです。そのようなものが子どもたちは大好きです。

　伝承の物語、寓話、なぞなぞを別にすると、メルヘンが児童文学に登場するのはずっと後になってからです。よく注意してほしいのは、メルヘンが本になったのは、ということです。なぜなら、およそ言葉が耳に響く所ならば、おそらくどこでもメルヘンは物語られてきたからです。物語の紡ぎ方は、一つの世代から次の世代へと口頭で受け継がれていきましたので、テキストを印刷する必要はありませんでした。他の国々では早くからメルヘン集ができていましたが、我が国にはシェヘラザード[23]もストラパローラ[24]もペロー[25]もいませんでした。1782年になってムゼーウス[26]が民衆メルヘン[27]を書きましたが、これは全く子ども向きではありませんでした。その後散発的にメルヘン集が出ましたが、ムゼーウスの持つユーモアには遠く及びません。やがて1812年にグリム兄弟[28]がすばらしい作品を創り出しました。私たちの所有する最もすぐれた子どもの本です。

　ドイツほどメルヘンの泉が生き生きと清らかにわき出るとこ

A. B. ライヘンバッハ『ローゼンフェルトお父さんお気に入りの
あずまやを飾る花づな』から（1830年）

ろは世界のどこにもありません。ドイツ人たちは自分たちの夢を同じ深さと心を込めて彩り豊かに組み立てる術を心得ていました。グリム兄弟以後もたくさんのメルヘン集が生まれました。素朴な伝承文学と並んで、実に多様な創作メルヘン[29]も出現しました。つまらないものもあれば、驚くほど内容が豊かなものもありました。フケー[30]、ティーク[31]、シャミッソー[32]、ハウフ[33]、ブレンターノ[34]からメーリケ[35]、ライニック[36]、シュトルム[37]に至るまで何とたくさん出てきたことでしょう。ここでも目につくのは、雑草がはびこってこれらのすばらしい新芽を脅かしていることです。良質で、内容豊かなメルヘンを書くことほど難しいことはありません。ロマン主義時代[38]に生まれた無数の妖精メルヘンは内容が浅く、独創性にも乏しく、わざとらしく、病的でもあり、今日では楽しむことができません。多方面から過大に評価されている E. T. A. ホフマン[39]でさえ、空想が支離滅裂で空回りがはなはだしく、素朴で落ち着いた子どものメルヘンがつくれませんでした。

　とりすました教育的配慮のせいで、メルヘンは子ども部屋から追放されそうになりました。この企ては幸い成功しませんでした。他方でメルヘンと近いジャンルである伝説は子どもたちの間にあまり入ることができませんでした。ここでもパイオニアとしてまず重要な収集を行ったのはグリムとベヒシュタイン[40]です。読者は昔の出来事をたどるよりもむしろお話を楽しむ方が好きなので、あまり反響がありませんでした。メルヘンに比べると伝説の本にお目にかかることはずっと少ないのです。伝説の本はそれほど楽しくないので、必ずしも新しい需要がありません。伝説は後の時代になってからようやく出版されるようになります。子どもの世界の友となり、子どもたちに愛好さ

れたのは「ネズミ捕り」と「荒ぶる狩人」[41]だけでした。『リューベツァール』[42]は特徴からすれば伝説なのですが、その話の長さからむしろ民衆本の仲間に入ります。この本も子どもの本の初期から活発に活動しています。細かい出来事をここで扱うことはできませんので、ここではメルヘンとその仲間たちは、幸いなことに児童文学における時代特有の現象ではないこと、むしろ移ろうことも、流れ去ることもなく、最初から存在し、終わることのない永遠の価値を有することを確認するにとどめたいと思います。

---

1 ゲーテ：Johann Wolfgang von Goethe（1749-1832）、ドイツ文学の黄金時代を築いた詩人、作家。

2 『オイレンシュピーゲル』：ティル・オイレンシュピーゲルは民衆本の主人公の一人。農民となるのを嫌って道化者として諸方を移動して歩く。偉ぶる人、賢いふりをする人を手玉に取ることで人気を博した。

3 『美しいメルジーネ』：メルジーネは "Melusina"、あるいは "Melusine" とも綴られる。フランスの古い伝説から生まれた物語。美しい海の妖精、メルジーネは騎士と結婚するが、婚姻の条件（本来の姿を見ることの禁止）は破られ、破綻する。その間に二人の間に生まれた子どもたちの物語が差しはさまれている。

4 『フォルトゥナートゥス』：主人公、フォルトゥナートゥスは尽きることのない財布と不思議な帽子のお陰で富と名声を得るが、彼の息子たちはこの幸運を浪費して破滅する。

5 民衆本：中世に由来する娯楽と教訓を兼ね備えた散文の物語。15世紀以降印刷術の発達により廉価本として歳の市等で販売され、普及した。

6 『悪魔のロベルト』：中世フランスの伝説に由来する物語。ノルマンディーの公爵夫妻には子が生まれず、思いあまった妻は悪魔に願をかけ、ついに子どもに恵まれる。だが、この子は文字通り悪魔の

『新編　子どもの世界の文学　古来より伝えられた歌、
物語、教え、歌遊び』（1815年）

78

申し子で殺人を始め悪事を重ねる。後に母から出生の秘密を聞かされた息子は悔い改め、贖罪する。

7　ヴィートマン：Georg Rudolf Widmann（1550-1600頃）、シュヴェービシュ・ハル（バーデン・ヴュルテンブルク州）の法律顧問。元々のファウスト博士の物語を改作し、ふくらませた。

8　実際にあった身の毛もよだつようなおそろしい物語：主人公のヨハネス・ファウストゥス博士は16世紀前半に活動の記録が残っている Georg Faust（1480頃-1539頃）がモデルとされている。民衆本でファウストゥスは悪魔と契約を結び、24年間享楽の限りを尽くすが、期限が来て悪魔に魂を抜かれる。子どものゲーテはこの話をもとに生涯をかけてドイツ文学の最高傑作と言われる二部の悲劇『ファウスト』を完成させた。

9　グスタフ・シュヴァープ：Gustav Schwab（1792-1850）、詩人。シュトゥットガルトの高等学校上級教諭、新教の役員を務めた。

10　『シルダの市民』：底なしの愚考を繰り返す架空の町シルダの住民。16世紀末の笑い話集に登場した。

11　『ハイモンの四人の子どもたち』：西ヨーロッパを統一したカール大帝（742-814）にまつわる物語の一つ。カールと対立したハイモン伯の四人子どもたちの事績が話の中心になっている。

12　『あわれなハインリヒ』：中世ドイツの詩人、ハルトマンの叙事詩によって知られている物語。富も名声もあるが、神をないがしろにした騎士ハインリヒは業病の罰を受ける。誰からも見捨てられた中でただ一人の少女だけが自らを犠牲にして彼を助けようとする。

13　『キツネのライネケ』：フランス中世に由来する動物に仮託した社会風刺を含んだ物語。弁舌と抜け目のなさでさんざんに悪事を働くキツネのライネケ。ついに百獣の王ライオンの裁きを受けることになるが、これさえも巧みに切り抜けてしまう。

14　『イソップ』：紀元前三世紀頃にギリシアで成立したとされる寓話集。ヴァルディスについては前章、注4参照。

15　プフェッフェル：Gottlieb Konrad Pfeffel（1736-1809）、ドイツの作家、教育者。始め父や兄のように外交官を志すが、視覚障害が高じたため断念し、文学の道に進んだ。教訓的な小品を得意とし、多数の寓話詩を書いた。

16 リヒトヴェア：Magnus Gottfried Lichtwer（1719-1783）、ハルバーシュタット（ザクセン・アンハルト州）の行政や協会の役職を重ねる一方で寓話や教訓詩を書いた。

17 ハーゲドルン：Friedrich von Hagedorn（1708-1754）、ドイツの詩人。フランスのロココ様式を模した優美な作風の詩を書いた。

18 レッシング：Gottfried Ephraim Lessing（1729-1781）、ドイツ啓蒙主義を代表する作家。王侯貴族を主人公とするそれまでのドイツの悲劇を市民劇へと転換させ、ドイツ文学の黄金時代への道を切り開いた。

19 ゲラート：Christian Fürchtegott Gellert（1715-1769）、ドイツ啓蒙主義時代の作家。ライプツィヒ大学で文学、雄弁術、倫理学を講じる。明快で誇張のない文体が好評を博し、ヴァイセ（前出）とともに広く読まれた。

20 ヨーハン・クリストフ・ルートヴィヒ得業士：経歴不詳。「得業士」は「学士」の一段階上級の学位。

21 カトーのような気むずかし屋であっても：カトーは Marcus Porcius Cato Uticensis（前95-前46）、共和制ローマの政治家、哲学者。「正直者ではあったが、いつも気難しくて道徳家ぶっていた…」（金森正也監修『30ポイントで読み解く「ローマ帝国衰亡史」』、PHP 研究所、2004年）。曾祖父のカトー（Marcus Porcius Cato Uticensis、前234-前149）と区別して「小カトー」と呼ばれる。

22 ヘクサメーター：古代ギリシアの叙事詩で標準的に用いられた韻律。1行が6つの詩脚からなる詩形。ドイツ詩では揚格（アクセントのある音節）と抑格（アクセントのない音節）の組み合わせで、「弱強」（イアンボス）、「強弱」（トロカイオス）、「強弱弱」（ダクテュロス）、「弱弱強」（アナパイトス）の四つの基本形が用いられる。「楽しい教科書」の章、注6参照。

23 シェヘラザード：『千夜一夜物語』の中の語り手。聞き手であるイラン王の妃。

24 ストラパローラ：Giovan Francesco Straparola（1480頃-1557頃）、ルネサンス期のイタリアの作家。ヨーロッパ最古の昔話集と言われる『愉しき夜』（Le piacevoli notti）をヴェネチアで出版した（第1巻1550年、第2巻1553年）。

25 ペロー：Charles Perrault（1628-1703）、フランスの詩人、批評家、童話作家。ルイ14世の政府に官僚として使えるとともにアカデミーの会員として文芸分野でも活躍した。昔話を題材とした『童話集』で知られている。

26 ムゼーウス：「世界文学と古典作家たち」の章、注10参照。

27 民衆メルヘン：民衆の間に伝承されてきた伝説や昔話をそのまま、あるいは素材にして再構成したものを指す。それに対して作家が民衆メルヘンの形を生かしながら新たに作り上げたものを創作メルヘンと言う。

28 グリム兄弟：Jacob Grimm（1785-1863）と Wilhelm Grimm（1786-1859）はともにドイツの言語学者、文学者。広範に言語と文芸の分野で活躍したが、とりわけ彼らが採集、編集した昔話集は『子どもと家庭のメルヘン（グリム童話集)』として世界中で読まれている。

29 創作メルヘン：上記、注27参照。

30 フケー：Friedrich Heinrich Karl Baron de la Motte Fouque（1777-1843）、ユグノー（カトリック側による迫害のためフランスから移住してきた新教徒）の子孫で、プロイセンの軍人として活躍した。引退後作家となった。とりわけ水の精と人間との悲恋を描いた『ウンディーネ』（1811）で知られる。

31 ティーク：Ludwig Tieck（1773-1853）、ドイツのロマン主義運動の中心的人物であり、創作のみならず、古い文学の校訂、翻訳、出版等で多彩な活躍をした。1797年に発表した『民衆メルヘン』には「ハイモン兄弟の物語」「美しいマゲローネ」「長靴をはいた牡猫」などが収められている。

32 シャミッソー：Adelbert von Chamisso（1781-1838）、フランス革命の混乱を逃れて家族とともにドイツへ亡命した。家族はその後フランスへ帰国したが、彼自身はドイツにとどまり、軍務に服した。二つの国の間の相克が、悪魔に自分の影を売った男の話『ペーター・シュレミールの不思議な物語』（1814）を生んだ。自然科学者としても活躍した。

33 ハウフ：Wilhelm Hauff（1802-1827）、ドイツの詩人、作家。短い生涯の間に詩や小説を矢継ぎ早に発表したが、とりわけ家庭教師先

の子どもたちのために語った、空想を織りまぜたメルヘン『隊商』（1826年）で知られる。

34　ブレンターノ：Clemens Brentano（1778-1842）、ドイツ後期ロマン主義運動の中心人物の一人。詩、劇、小説の分野で多彩な活動をした。特にアルニム（Ludwig Joachim von Arnim、1781-1831）とともにドイツの中世以来の民謡を収集し、編集した『少年の魔法の角笛』（1806-1808）は後生の詩人や作家に大きな影響を与えた。

35　メーリケ：Eduart Mörike（1804-1875）、ドイツの詩人、作家。音楽性に富んだ詩はシューベルトやシューマンらによって作曲された。また優れた芸術家小説を発表した。

36　ライニック：Robert Reinick（1805-1852）、ドイツの画家、詩人、作家。早く両親を亡くしたが、親の遺産や友人・知人の支援で画家の道へ進んだ。歴史画を志したものの、発病と画業が思うに任せなかったことから文筆にも手を染めるようになった。

37　シュトルム：Theodor Storm（1817-1888）、19世紀ドイツを代表する作家の一人。デンマークの影響の大きかった北ドイツの出身で、ドイツ側として苦労を重ねた。優れた短編小説を多数発表した。

38　ロマン主義：18世紀末から19世紀にかけてのヨーロッパ的な芸術運動。ドイツでは中世文学の発掘や口承文芸の収集・編集、言語の歴史的研究などが促進され、ドイツ文学の自立と研究が進んだ。

39　E. T. A. ホフマン：Ernst Theodor Amadeus Hoffmann（1776-1822）、ドイツの裁判官、作家、画家、音楽家。文芸分野で多彩な才能を発揮した。幻想と怪奇性に富んだ小説は国外の作家たちに大きな影響を与えた。『くるみ割り人形とねずみの王様』（1816年）はチャイコフスキーのバレエ音楽の原作として知られている。

40　ベヒシュタイン：Ludwig Bechstein（1801-1860）：ドイツの詩人、作家、民俗学者。特に後半生はしばしば旅に出て古代研究と口承文芸の発掘に努め、数多くのメルヘンを採集・編集して発表した。

41　「ネズミ捕り」と「荒ぶる狩人」：「ネズミ捕り」はネズミ捕りの代金を払ってもらえなかった男が笛で子どもたちを誘い出し、その後行方不明となった『ハーメルンの笛吹き男』の伝説と思われる。「荒ぶる狩人」はヨーロッパ各地に伝わる伝承。北欧神話の主神であるオーディンの率いる猟師の群れとも、不信心な狩人が率いている猟

師たちとも言われる。いずれにしても彼らが通り過ぎる際の轟音は不気味であり、目にしたものには災いが降りかかるという。

42　リューベツァール：シュレージエン（現ポーランド南部、シロンスク）に住むとされる山の精。鉱夫や修道僧の姿をして現れ、旅人をからかうという。グリム兄弟に先行してメルヘン収集を行ったムゼーウスの『ドイツ人の民衆メルヘン』に「リューベツァールの伝説」が入っている。上記、注26参照。

歌

　「ねんころりん、わらの中でカサカサ音を立ててるのはなあに。」

　これは12世紀に東ローマ皇帝の姪[1]が彼女の子どもたちに歌って聞かせた故郷の子守歌です。彼女は夫であるライン地方のプファルツ伯、ハインリヒⅡ世に従ってドイツに来たのです。

　"Heude mu paidion, heude mu pai"（「眠れ、わが子よ！」）。そこから南ドイツの "Heidi pupeidi mein Bu" ができたのだそうです。この物語自体もなかなかなものですが、歌の由来はもっと古いと思われます。"Eia popeia" とか、"Eia polei" とか、"Susa ninneken suse" とかは、幼児語を模倣したものです[2]。母親が揺りかごの傍に腰を下ろせば、「童謡」[3]や「子守歌」[4]が生まれるのです。

　歌もメルヘンと同じように、文字ではなく、口で伝えられました。このとても無邪気な詩はようやく1806年から1808年にかけて『子どもの魔法の角笛』[5]の付録となりました。その７年後にはハンブルクで『子どもの世界の文学』[6]と題する、子ども部屋の文学だけを収めた小さな本が出ました。この種の最も初期のものかもしれません。その本はとても可愛い造りをしています。素朴な活字によるタイトル、本文には柔らかな葉模様で優美に縁取りされた文章が載せられています。当時の本の趣味を実に完全に体現していて、この点では大人向けの本よりも上質です。

　これこそが子どもの本を集める気になった理由なのです。か

『ナポリの男の子』（1836年頃）

わいい盛りの子ども用としてほとんどどれも愛らしい、楽しい装丁が施されているのですから。本当に上質な子どもの本は気持ちを朗らかにしてくれます。これから見ていくことにしますが、初期の頃はもちろんそうではありませんでした。袖の広い少女服をまとった詩の女神は陽気な方ですので、まじめくさった童謡とか子どものための教訓的な詩などは馬鹿げています。

　『魔法の角笛』の付録には心から楽しい味わいのものしか見出せません。童謡の作者たちも長い間、主張をずっと貫いて朗らかな詩をつくってきました。

　16、17世紀の童謡詩人の消息は、わずかしかわかりません。彼らの追跡はしませんでした。「足跡をたどるとこわいのです」[7]。それ以前のものとはっきり区別がつかなくとも、私には18世紀末の童謡集で十分です。

　その童謡集には、次の詩が載っています。

　　　　さあ朝です。感謝をささげながら
　　　　私は寝床と眠りにさよならします。
　　　　主よ、私のほめたたえる歌をお聞きください。
　　　　私の最初の言葉はあなたです。

　歌そのものには優しい思いが込められていますが、この歌の作者は、このようなお寝坊さんが目を覚ました時、その場に居合わせたのでしょうか。それはさておき、もう少し上の年齢の小学生に歌い続けてもらいましょう。

　　　　私の時間は遊んだり
　　　　冗談を言っているうちに消え去ってしまいました。

間違っていました、私の心は何とうぬぼれていたこと
　　でしょう、
今ではそう感じることができます。
しなければならないことがあるのになまけていました。
ただ、若さの喜びだけは格別でした。

主よ、若い時の罪を責めるために
私を裁きの場に引き出さないで下さい。
どうかお恵みがありますように。
罪人である私をなきものにしないで下さい。
あなたが私にとって恐ろしい方になろうとするなら
私はどのようにして安眠すればよいのでしょう。

私はあなたのやさしさに、おすがりします。
父よ、あまりお怒りにならないで下さい。
あなたがお怒りになれば花咲くことも
生きる力もなくなってしまいます。
私とて罪人が償いをすれば
罰を受けないですむこともわきまえております。

　この賛歌にはタイトルがついていませんが、私はこう提案します、「抹殺されるべき罪人、あるいは幼いすれっからし」。こう言ってはみたものの、こんな文句を印刷して申し訳ありません。私にとって大事なのはあの古き良き時代には子どもたちに何が求められていたかを一度お見せすることでした。死や病気のことを思うのも、若いときには心地よいと、この子どもの心の専門家（クリスチャン・シュトゥルム、1783年）[8] は考えて

F. A. クルムマッハー『鳩』、W. リューゲルゲン画、（1830年頃）

いるのです。

　　　くだらない子どもの遊びはもうさようなら。
　　　主が私の青春の喜びでありますように！

　そして

　　　私の救いがあなたの中にあることをうれしく思いま
　　　　す！
　　　あなたは私の肉欲を取り去って下さるのですから。

　このようなことが本当にできると思っていたのでしょうか。
ところでカンペ[9]のような人が『子どものための短い魂の教え』
を書き、ラファーター[10]が『ドイツ国民の子どものための道徳』
（1789）を書いたのですから、それほど驚かなくてもよいので
す。二つとも、苦労した末に生まれた本で、そこからは哲学、
論理学、法律学、そして二人に共通した無邪気さがあふれ出て
います。

　こうした無理をした時代が克服されたと思うと、安堵のため
息をつきたくなります。それと、うれしいのはあの時代にも心
をさわやかにするものがあったことです。

　　　それは私にとって至福の日々でした！

とC. A. オーヴァーベック[11]が『フリッツヒェンの歌』で歌っ
ています。そして今日でも私たちは彼とともにこう歌うのです。

Frizchens Lieder.

Herausgegeben

von

Christian Adolf Overbeck.

blühe liebes Veilchen —

Hamburg,
bey Carl Ernst Bohn. 1781.

C. A. オーヴァーベック『フリッツヒェンの歌』（1781年）

いとしい五月よおいで　そして
　　木々をまた緑にしておくれ！

　あの忘れられない「咲きなさい、かわいいスミレよ」も、初期の無邪気な童謡詩人が作ったものです。彼は1871年に出版された童謡集の序文でこう言っています。「ヴァイセ[12]の童謡集からは、上から目線の先生の声が聞こえてきます。言葉遣いはほとんど子どものものですが、考えは大人のものです。もし私の試みがうまく行ったなら、この本では本当に子どもが自分のことばで語っています。これこそ私たちの最初の童謡集と言ってよいでしょう。」

　確かに彼の言う通りなのです。なぜなら彼の引用しているヴァイセは、かなり教訓的な、あるいは子どもらしくない信心深い詩を書きました。ヴァイセは、あの当時の人なら誰でもそうであるように、週刊「子どもの友」の方針に忠実に書いたからです。確かにオーヴァーベックもこうした傾向と無縁ではありませんが、彼の多くの、とても多くの詩が良質で、同じ水準の詩を私たちが手にするのはもっと時代が下ってからなのです。

　ここまでたどり着くにはたっぷりと時間がかかりました。「フクロウは日の光を嫌います。そして、真っ暗な穴の中をはい回っています。どうしてでしょう。フクロウは人間にお別れを告げて仕事をしているからです。」と、ヴァイセは歌っています。そして同様のことを昔の童謡詩人のほとんどが語っているのです。ベルトゥフ[13]、ブルマン[14]、C. v. シュミート[15]も、散発的にしか伝承風に紡いだ詩を提供してくれませんでした。

　最初に名を挙げた人は私たちに、例えば「みんな知ってるま

っ白な子羊」を、最後に言及した人は、美しいクリスマスの歌「子どもたちよ、おいでなさい」を提供してくれました。この歌は彼の狩りの歌「角笛の澄んだ音色は茂みと森を通って何とかわいらしく響くことでしょう」と並んで今も至る所で歌われています。ギュル[16]の楽しい童謡は大部分が今も人々の口に上っていますし、同様にホフマン・フォン・ファラースレーベン[17]も百年前と同じくらいに今日でも夢中にさせてくれます。「小鳥はもうみんなやってきた」「カッコウ、カッコウ、森で鳴いている」「とっても寒くなりました」「森のこびと」を全く歌えないとか、ギュルの「兵隊になりたいなんて人は」を知らない子どもなどいるのでしょうか。

　フリードリヒ・リュッケルト[18]の名もここで挙げておきたいと思います。彼が1813年に妹のために書いたメルヘンは本来の童謡ではありませんが、違う葉っぱを欲しがった小さな木や緑の小鳥の一節は十分に歌いがいがあります。それらはこれからもずっと残り続けるでしょう。そしてもっと後の本物の童謡詩人については思い出すだけとします。ライニック[19]、レーヴェンシュタイン[20]、クレトケ[21]、シュトゥルム[22]、ブリュートゲン[23]、トローヤン[24]、その他大勢の人々は、私たちに色とりど

『昔々』、L. リヒター画（1862年）

りの、すばらしい歌の花束を編んでくれました。子どもたちが明るく澄んだのどで小鳥たちと争って歌うかぎり、彼らの作品が忘れ去られることはありません。

1　東ローマ皇帝の姪：東ローマ皇帝、マヌエル1世コムネノス（1143-1180）の姪、テオドラ・コムネナ（1134頃-1180）。

2　「眠れ、わが子よ！」：ここはアルファベット表記のままとした。"Heude mu paidion, heude mu pai"はギリシア語。他はドイツ語の方言。いずれも幼い子をあやす「ねんねんころりよ、おころりよ」に近い意味を含んでいる。

3　「童謡」：原文、"Kinderlied"。

4　「子守歌」：原文、"Ammenreim"。

5　前章、注34参照。

6　『子どもの世界の文学』：1815年にハンブルクのアウグスト・カンペ社から出版された編者不詳の『新編　子どもの世界の文学　古来より伝えられた歌、物語、教え、歌遊び』。

7　「足跡をたどるとこわいのです」：原文はラテン語、"Vestigia terrent!"。百獣のライオンは老いて敏捷な動きが出来なくなり、洞窟に引きこもる。小さい動物たちは後難を怖れて見舞いに行く。キツネもそうするのだが、入り口で入る足跡はあっても、戻ってくる足跡の無いことに気づく。中へ招き入れようとするライオンにキツネはここに掲げた返答をした。（中務哲郎訳『イソップ寓話集』、岩波書店、1999年、119-120頁）

8　クリスチャン・シュトゥルム：Christian Sturm、経歴不詳。

9　カンペ：「楽しい教科書」の章、注5参照。

10　ラファーター：Johann Kaspar Lavater（1741-1801）、新教の聖職者、作家。人間の性格や気質は顔に表れるとする「観相学」の創始者としても知られる。ゲーテやバーゼドーとも親交があり、教育でも実践的な活動をした。

11　オーヴァーベック：Christian Adolf Overbeck（1755-1821）、ドイツの法律家、教育者。故郷のリューベックでさまざまな公職を重ね、市長の任にも就いた。著名な画家、Friedrich Overbeck（1789-1869）

の末子。

12　ヴァイセ：「一年生」の章、注13参照。

13　ベルトゥフ：Friedrich Johann Justin Bertuch（1747-1822）、ドイ
ツの作家、出版者。ヴァイマールで公務にも就いたが、晩年は出版
活動に専念した。

14　ブルマン：Gottlob Wilhelm Burmann（1737-1805）、ドイツの作家、
音楽家。大学で法律を学び、公職を希望するも果たせず、オルガニ
ストとして活動した。その間に文学及び音楽に関する執筆活動に勤
しんだ。

15　シュミート：Christoph von Schmid（1768-1854）、ドイツのカト
リック聖職者、児童文学作家。一時交友関係が災いして挫折を味わ
うが、その後宗教、教育、子ども向けの著作活動に邁進し、晩年は
栄光に包まれた。

16　ギュル：Friedrich Wilhelm Güll（1812-1879）、ドイツの教育者、
童謡作者。アンスバッハやミュンヘン（ともにバイエルン州）の学
校に勤める傍ら、大家族を養うために私的な補習を数多くこなした。
校務の負担過剰のため、45歳で引退した。

17　ホフマン・フォン・ファラースレーベン：August Heinrich Hoff-
mann von Fallersleben（1798-1874）、今日でも親しまれている数多
くの童謡や詩を作った。愛国的・民主的な傾向の作風は当時のドイ
ツの分立的な政治体制とは相容れず、苦しい時代を送った。ドイツ
国歌の作詞者でもある。

18　フリードリヒ・リュッケルト：Friedrich Rückert（1788-1866）、
ドイツの文学者、東洋学者。文学面では特に日常、家庭、子どもの
生活、時の移り変わりをテーマとする作品を得意とした。

19　ライニック：「民衆本」の章、注37参照

20　レーヴェンシュタイン：Rudolf Röwenstein（1819-1891）、ドイツ
の政治詩人、童謡作者。各種の文芸雑誌、とくにユーモア雑誌の「ク
ラデラダッチュ」（1848創刊、1944年終刊。この誌名はベルリン方言
の「ものが落ちて砕ける音」からきているという）で活躍した。

21　クレトケ：Hermann Kletke（1813-1886）、ドイツの作家、編集者、
児童文学作家。ベルリンの有力紙「フォス新聞」の編集長を務めた。

22　シュトゥルム：Julius Sturm（1816-1896）、ドイツの教育者、神学

者、作家。後半生は教会の牧師を務める傍ら、宗教に根ざした作品を発表した。

23　ブリュートゲン：Victor Blüthgen（1844-1920）、ドイツの作家、詩人。児童文学の作家、批評家としても活躍した。

24　トローヤン：Johannes Trojan（1837-1915）、ドイツの詩人、作家、ジャーナリスト。作家として成功を収める一方で、さまざまな新聞や雑誌の編集に関わった。

新しい児童文学の創造

　これまで私たちは前時代特有の、様々な子どもの本の試みについて知識を得てきました。けれどもそれらはばらばらの出来事であり、シュトゥルム・ウント・ドラング[1]的なものは何もありません。確かに小さい読者たちは寓話や民衆本や聖書物語を読んだり、読んでもらったりして心地良かったでしょう——メルヘンを聞いたり、歌を歌ったりしたことも忘れてはいけません、児童文学をつくりたいという願望が子どもたちから生まれたなどと考えないでください——教育者たちが子どもたちに自分の無味乾燥な作品を押しつけたのです。それは子どもたちから惜しみない拍手喝采を博したでしょうか。私はそうは思いません。聖書の格言に限らず、暇つぶしにしか読めないようなものが書かれている本を、不平も言わずに手当たり次第にむさぼり読む子は今日でもたくさんいます。昔流の子どもの本の語

り手たちは、暇つぶしには大いに貢献してきました。けれども、もし彼らが自分たちの作品で子どもたちの愛情を勝ち得ていたのなら、それらの本はその後もずっと残り続けたはずです。

啓蒙主義[2]の時代になると国民一般の教育を広め、特に子どもの教育を、新しいもっと自由な立場から促進しようと努力し始めます。最も重要な人々の名を挙げておくにとどめておきますが、この時代にバーゼドー、ヴァイセ、ザルツマンそしてカンペ[3]が、他の多くの教員たちと並んで子どもたちのためにすばらしい人間愛あふれる活動をしました。彼らの名前にはもう何度も出会いました。彼らがみな大人のための読み物（例えば、当時雑誌には子どものための付録が付き物でした）から出発したのか——あるいは、こちらの方がありそうなのですが、学校用の教本を拡張したのか——という問題にここで頭を痛める必要はないでしょう。子どもたちに文学的な遊具を、しかもこれまでよりも体系的に提供しようとする機は熟していたのです。このアイデアは機会を逃すことなく以前にも増して大きなエネルギーで実行に移され、その努力は従来よりも良好な土壌に恵まれました。

すでに1770年と1772年に子ども用の雑誌が出ていました。これはアーデルング[4]が「ライプツィヒ週刊子ども新聞」[5]として出版したものです。その後ヴァイセは1775年に「キンダーフロイント」[6]を発行し、この退屈で大胆な企てを1782年の24巻まで続けました。いやそれどころか、彼はこの高名な作品を『子どもの友の往復書簡』[7]を通じて延命させ、ようやく1792年になって、つまり10年後に「子どもの友」は眠りにつきました。言わせていただければ、私は読み物としては「往復書簡」の方に比較的早く出会いました。私は自分の本のために、いくらか

でも楽しめそうなものを、この何度も模倣された古典的作品から採り入れよう思いました。ひどく骨折りでしたが、36巻すべての頁をめくってみました。結果として、何も見つけられませんでした。お話は全く馬鹿げていて、同工異曲のものばかりで、うんざりするほど道徳的なのです。まれには少し楽しそうな言葉も見受けられますが、きわめて陳腐なことを話して聞かせられるだけです。あちこちにかわいい銅版画や、少しはましな歌あるいはなぞなぞがなければ、ここの散文と劇は馬鹿げたものの中でも最も馬鹿げたものです。これらと博物学の寄せ集めは児童文学の中で最も恥ずべきものとされたことでしょう。ですが、その外観と歴史的な価値を考慮して目次から表題のいくつかをお伝えしようと思います。そこには以下のようなものが出てきます。

外国の物語に見られる、いやしい人々の間での気高い行いの実例。
ライプツィヒに到着した一頭の象とその博物学。
欲求と情熱を早くから抑える必要性について。
人生のはかなさについてのカールの考え（カールは９才です！）。
童謡：早いうちに知恵を獲得する必要性について。
美についてのお父さんとロッテちゃんとの観相学的対話。
ライプツィヒでの殺人犯の処刑。
下劣な中の高貴な心、劇。
時間を賢く使うことを義務づける最も大切な理由。

この目次は封印こそしませんが、ここで中断しておきましょ

Der
Kinderfreund.

Ein Wochenblatt.

Fünfter Band.

Leipzig,

bey Siegfried Lebrecht Crusius

1776

C. F. ヴァイセ、週刊「キンダーフロイント」、第 5 巻
1776年

う。

　全く同じものが1794年に出たメルケルの「新しい子どもの友」[8]に出てきます。また多くの同類の本に同じ種からとられ、使い回しのアイデアから生まれた枠物語[9]が何度も繰り返し出てきます。お父さん、家庭ぐるみのお友達、気のいいおじさん、あるいはやさしいおばさんが小さな子どもたちにお話を語ってくれるのですが、そのお話には教訓を盛り込んだ注釈がたっぷり付けられ、絶えず温め直され、気の抜けたソースを使って、いくらかでもいい味付けをしようと試みられているのです。

　私たちは19世紀の奥深く入ってもなお、ヴァイセの「キンダーフロイント」と同様の物語にお目にかかります。それどころかこの取るに足らない押し付けがましい娯楽を享受し続けることが正しいことだとさえ思われているのです。ヴァイセの作品が、本書では彼の名声にふさわしい評価がされていないという印象をお持ちの方もいらっしゃるでしょう。けれどもこの名声を根拠づけ、長続きする手助けしたのは親や教育者だけでした。ヴァイセの名声は彼らに子どもたちを管理する都合の良い手段を手渡してくれたのです。私は別の立場から子どもの心にとって優れた、心のこもった糧を探し求めています。ですからどんなに親切でも、うんざりさせる人には我慢がなりません。しかしながらその先駆者としての意義は十分認めたいと思います。

　ヴァイセの散文よりもザルツマンやカンペの方がもっと良い評価を下せます。ザルツマンには『ヨーゼフ・シュヴァルツマンテル』（1810)[10]や、さらに大人向けのもっと優れた著作があるのですが、不当にも忘れられています。けれどもロビンソンの語り手の方はとても鮮明な記憶の中に生きています。物語の

H. E. マウキッシュ『はるかな旅』、1830年

中に対話をはさみ込むという、それ以前には評判の悪かった形式が再び最新の本にも用いられたのですから。『ロビンソン』自体はデフォー[11]のオリジナルとは反対に無一物で漂着していますので、この点ではご承知の通り子どもの本ではないオリジナルよりよくできていると思います。

カンペの本の中でも最も優れたこの本のせいで、彼の別のすばらしい作品が視野から外れてしまいました。彼の6部からなる「子どもの図書室」はヴァイセの「子どもの友」に比べてもちろんそれほど優れているわけではありません。加えて他の作家たちが寄せた文章も使っていますが、少なくともかなり楽しげです。カンペの『ABCの本』は疑いなく当時の最も好感の持てる出版物の一つであり、また彼の全集35巻[12]はそのうちの多くが古いものと置き換わるのにふさわしいものでした。何編かの旅行の記述やアメリカの発見は、今日でもなお十分に読むに耐えるものですし、彼の明快で、響きの良い言葉は今日のぎくしゃくとした言葉使いをした多くの本と比べると二倍は楽しめます。

カンペの全作品は、当時読書に飢えていた子ども部屋にしばらく収納されていたのかもしれません。この全集はどの年齢の子どもたちのことも考えていたからです。第1巻の『ABCの本』で文字の読み書きを修得し、次いで非常に独特の正書法を用いた短い寓話で、初めての読書の練習をしました。

読むにつれてますます魅力を増していく寓話が23編出てきます。加えて一人の優れた画家がうっとりするような色彩の銅版画を描いています。上部の挿絵は文章を分かりやすくしてくれますし、下部のかわいい図には比喩的な意味が込められています。罪もないのに迫害されたミツバチたちに復讐されたクマの

『フランケ財団のための初等読本』、1825年

お話では、棒にのせたゲスラーの帽子とテルの弓矢[13]が出てきます。月に向かって吠える犬（あの有名な寓話はここから来ています）のお話では薪の山に載せられた羊皮紙に描かれたコペルニクス[14]の体系が焼かれ、司教杖、枢機卿と司教の帽子によって不寛容な心が示されています。どのアルファベットにも短い物語がついています[15]。"W" の場合はこういうお話です。

ヤツガシラとグレーハウンド

ヤツガシラ：ねえ、あの着飾ったやつは、ぼくに似てないか。
　　あの花飾りを付けて高慢ちきにふんぞり返っているやつだ

Das wohlthätige Kind.

『フランケ財団のための初等読本』、ハレ、1825年

よ。

グレーハウンド：それともう一匹やってくるね。

　　あいつのとなりで身をかがめて回ってるのが。

　　大きさはぼくくらいで、仕草さはあいつに近いけど。

ヤツガシラ：正直言って人間もなかなかやるじゃないか。

　　この調子ならいつかはぼくたちくらいに

　　上品にふるまえるんじゃないかな。

グレーハウンド：でもきっとうわべだけさ。

　　中味はぼくたちにかなわないね。

　　連中のふるまいはつくりもので、ぼくたちのは生まれつき

　　だから。

その続巻ではこれらの寓話に短い物語がきて、やがて『ロビンソン』や旅行記と交替します。カンペが多くのことを求めた読み方の授業の遅れは後で取り戻すことにしましょう。コンスタンチノポリターニッシュ、トラントラクアカパトリ、ムネモノ[16]のような語は段階的に教授されます。そのような単語を言えたら、それからはあまり舌を噛むこともなくスラスラと発音できたに違いありません。

　さらにカンペの筆から生まれた、とても良質のものにもお目にかかれます。もちろん子ども向きでない哲学もありますが、少なくとも子ども風に書かれています。良いものを目指して努力しているうちに、やがて目的を踏み越えてしまいます。見せかけの児童文学が初めからはびこってしまったのです。フェッダーゼン[17]、グラーツ[18]、牧師のハインリヒ・ミュラー[19]、アマーリア・ショッペ[20]、はそうした多産で、恐ろしいほど才能を持った人々でしたが、彼らが大量に作り出した本は今日では当然、忘却の中に埋もれています。そうした本や小冊子の絵による飾り、ひいおじいさんたちの時代の素朴な芸術だけは今もなお評価できます。文章の方は紙くずになって、風に吹き飛ばされてしまいました。

　やがて、あの頃大人が読んだものはみな子どものものへと移し替えられました。子ども用の年鑑、ポケット本、劇が生まれました——愚にもつかないものばかりだったことを忘れないでください。これら急ごしらえの、見てくれだけでつくられたものはみな底知れぬ悪趣味を有しています。そのことはいくら言っても十分に言い尽くすことはできません。固有の児童文学は大きな失敗とともに始まりました。それは間違いありません。

そこでこの時代からいくつかの小麦の粒を拾い上げることにします。新たな土壌に再び楽しげに芽吹いて、葉を付け、豊かな実りをもたらすことができますように。まともな人がいれば新たな命を生み出す手助けをしてくれるでしょう。

1　シュトゥルム・ウント・ドラング：18世紀後半のドイツの文学革新運動。理性に重きを置く啓蒙主義に対して感情の意義を認め、精神活動の自由を求めた。

2　啓蒙主義：17世紀から18世紀にかけてヨーロッパに広まった啓蒙思想に基づく社会運動。人間の可能性を合理的な認識・判断によって切り開こうとした。

3　バーゼドー、ヴァイセ、ザルツマンそしてカンペ：バーゼドーとザルツマンについては「目で見る」の章の注1と7、ヴァイセについては「一年生」の章の注17、カンペについては「楽しい教科書」の章の注5を参照。

4　アーデルング：Johann Christoph Adelung (1732-1806)、ドイツの言語学者、辞典編集者。文法や正書法に批判的検討を加えたドイツ語辞典5巻の刊行を始め、多彩な言語活動を行った。

5　ライプツィヒ子ども週刊新聞：上記アーデルンクが1772年から1774年にかけて出版したドイツで最初の児童雑誌。

6　子どもの友：「一年生」の章の注19参照。

7　『子どもの友の往復書簡』：より正確には『子どもの友の家庭の往復書簡』、1784年から1792年にかけて12部構成で刊行された、当時流行の書簡体小説に倣って書かれたヴァイセの家族史。

8　メルケルの「新しい子どもの友」：Dankegott Immanuel Merkel (1765-1789) と Karl August Engelhardt (1768-1834) が共同で編集した児童雑誌。メルケルは在野の学者。エンゲルハルトは作家、教育者。

9　枠物語：一つ、あるいは複数の、別の物語が差し挟まれている構造になっている物語。

10　『ヨーゼフ・シュヴァルツマンテル』：子ども向けの娯楽読み物と

して1810年に出版された。領有権をめぐってオーストリアとプロイセンの間で争われた七年戦争（1756-1763）でオーストリア側の将校である父を失い、母から捨てられたヨーゼフが敵方のプロイセンの教師一家に引き取られ、試行錯誤を重ねて成長していく物語。

11　デフォー：Daniel Defoe（1660-1731）、イギリスの作家、ジャーナリスト。商業、出版、ジャーナリズム、政治の分野で多彩な活躍をしたが、何よりも冒険心にあふれ、難船にも不屈に生き残る『ロビンソン・クルーソー』の作者として後々まで大きな影響を与えた。

12　彼の全集35巻：1806年に刊行された「最終版　児童著作全集」。「子どもの図書室」はそのうちの第2〜7巻。

13　ゲスラーの帽子とテルの弓矢：スイスの建国伝説によれば、14世紀オーストリアの代官ゲスラーは住民に棒の上に載せた自分の帽子に敬礼するよう強制した。従わなかった弓の名人ヴィルヘルム・テルには罰として彼の息子の頭に乗せたリンゴを射るように命じたところ、テルはこれをみごとに射抜いたという。

14　コペルニクス：Nicolaus Copernicus（1473-1543）、地球を不動とする公認の天文観を逆転させた「地動説」を唱え、天文学に新しい道を開いた。

15　上記カンペの著作全集第1巻『ABC読本』の"m"の項に「犬と月」の寓話が記載されている。太ったパグ犬が月夜に散歩に出る。溝の前に来て飛び越えようとするが、溝に落ちてしまう。犬はやっとのことで溝から抜け出ると、自分の太りすぎを棚に上げて、こうなったのは穏やかに当たりを照らしている月のせいだと理不尽にも文句を言ったのである。

16　コンスタンチノポリターニッシュ、トラントラクアカパトリ、ムネモノ：原文では"konstantinopolitanisch, tlantlaquakapatli, mnemono"。上記『ABC読本』では綴りの難しい単語の読み方を段階的に"mne"→"mnemo"→"mnemono"のように練習させている。

17　フェッダーゼン：Jakob Friedrich Feddersen（1736-1788）、ドイツの神学者、教育者。ドイツ各地の聖職を務める傍ら、宗教的・道徳的な子ども向けの本を著した。

18　グラーツ：Jacob Glatz（1776-1831）、ドイツの神学者、教育者。学生時代にバーゼドー、ザルツマン、カンペの著作に親しみ、ザル

ツマンが開設したシュネプフェンタールの学校で教師も務めた。

19 牧師のハインリヒ・ミュラー：Heinrich August Müller（1766-1833）、ドイツの牧師、作家。1813〜1814年の対仏戦争にはプロイセンの旅団付き牧師として従軍した。数多くの作品を残したが、ほとんどは子ども向けであった。

20 アマーリア・ショッペ：Amalia Schoppe（1791-1858）、ドイツの作家。夫に早く先立たれ、家族を養うために多作で、すばやい書き手となった。晩年はアメリカへ移住した。

世界文学と古典作家たち

　先ほど話題にしたばかりの汎愛主義者たちは、盛んに活動して、あらゆる所、あらゆる点に影響を及ぼしました。そんな時代の1787年に子供向けに初めて改作された『ドン・キホーテ』[1] の本が出ました。偉大な人々を引き合いに出すことは早くから始まっていたのです。初等学校にとってのセルヴァンテスはいくつかの点で興味深いものです。発行人の名前は分かっていませんが、大人のための後書きが付いています。ここには「楽しい子ども文庫」[2]（その最初の巻が『ドン・キホーテ』です）の意義、効用、利用の仕方について述べてありますが、製本するときに省いた方がよかったでしょう。この小冊子の主な目的は「純粋な楽しみ」で、別の箇所では「この作品はただ娯楽の

初期のドイツ語版『ロビンソン物語』のタイトル画、18世紀初頭

ためにのみ奉仕すべき」ことが強調されています。そうは言いながらもこの善良な男は教師の地金が出てしまい、注釈の中で罰棒をふるうのはいとわないのです。彼は「スペインの山脈の名前は何と言いますか」とか、「最も大きいトカゲはどれですか」など地理や博物学の質問をし、テストをするのです。そして折あらば道徳や歴史を教えようとします。まことに都合のよいことにこれは脚注に置かれています。飛ばして読めるのです。加えて第6章では名前不詳のマールブルクの人が子どもの役に立ちそうな愛の理論に取り組み、この概念を子どもにどう教えるかを補遺で例を挙げて説明しています。ちなみに、この啓蒙主義者はベルトゥフ[3]のすぐれたドン・キホーテ訳をもとにして、非常に野卑なことさえも省きませんでした。今日では大人向けの版にも見当たりません。それについてはこんな脚注が付いています。「再びサンチョ風の表現です。やはりサンチョは子どものときに教育を受けていませんでした。」

恥ずかしがり屋の人、上品ぶる人はこの本にはお気をつけ下さい。「もうおわかりでしょう、恋人たちの愛というのはリスのしっぽ、一方の恋人がこれを使ってくすぐったら、他方が奪い返してくすぐり返す以上のものではないのです。賢い人なら、事の悪趣味ぶりがすぐ分かって、その代わりにむしろ昔のラテン語学者のひとくさりを翻訳することでしょう。」

比較的長く『ドン・キホーテ』のもとにとどまったのは私がセルヴァンテスの作品が大好きなことと、当時の児童文学の雑然とした山の中から、本当に注目すべきものを取り出したいと願っているからなのです。お許し下さい。あの頃はルサージュの『ジル・ブラース物語』[4]さえも子ども用が用意されました。けれどもそれほど愉しいものではありません。1802年、ベルリ

Robinson's erstes Nachtlager auf der Insel.

「ロビンソンの島での第一夜」
『旅好きのロビンソン』から、1835年頃

ンのフリードリヒ・マウラー社から出た子どものための年鑑では、この小説は子ども向きに仕立て直されました。ロマン主義真っ盛りの時期に四人の画家による銅版画で飾られ、ウンガー様式の文字5で美しく印刷されています。

『ジル・ブラース』ですよ。『デカメロン』6がどうして子ども部屋に入らないでいられるでしょうか。ここで私が思い浮かべるのは1815年にハノーファーから出たものです。これはイタリア語を学ぶ子どもたちのために出版されました。いくつかの部分は削除されなくてはなりませんでした。

グリンメルスハウゼンの『阿呆物語』7が提供されたのはもう少し後です。『阿呆物語』は当時かなり忘れられていたのです。けれども子どもの世界にとって本物の空想作品であるスウィフトの『ガリヴァー』8は19世紀の始めにはもう子ども部屋へ入っていました。『ロビンソン』についてはすでにお話しました。世界名作のうち『ジル・ブラース』と『デカメロン』は子どもたちの間にとどまり続けることはできませんでしたが、他の本は愛好されました。珍しいからというだけにすぎませんが、ここで、有名な『子どものための礼儀作法』9にも言及しておきましょう。とはいえ、これを書き上げた J. G. グルーバーは交際術をまとめた以上の、むしろ新しいことを成し遂げたのです。18世紀から19世紀への転換期に教育者に書き換えられなかった重要な本はほとんどありません。

これら偉大な文学を子どもにも分かるように書き換えようとする試みと並んで、うれしいことにわが国にも児童文学運動の先駆けになろうとする古典作家たちがおりました。ユーモアに富むムゼーウス10は1788年に、今日ではすっかり忘れ去られている魅力的な小冊子を書きました。『子どもと子どもでない人

のための道徳的な注意喚起』[11]です。内容面からは教育的な教理問答をそれほど越えるものではありませんが、外見がとてもきれいで、ムゼーウスが用いている形式は私たちにはおなじみのもので、楽しいメルヘンとなっています。その本にはこう書かれています。

「少し前まで多くの人に知られていた老哲学者のハンス・カネマンは障害者で、妻子とともに貧しくみすぼらしい家に住んでいましたが、足るを知るという才能を持っていました。これは不幸な人々にとって、本物の賢者の石[12]であり、金毛羊皮[13]なのです。彼はいかなる困難にも負けず、いかなる苦しみも感じず、いかなる不足をも慰めるすべを知っていました。金持ちのフォークトが痛風を病んで悲鳴を上げると、彼はこう言うのです。『私の木の義足を祝福して下さいますように。義足は私の重荷ではありません。憩いや安らぎを妨げもしませんし、食事だっておいしくいただけます。いざとなれば足のなえた私の隣人と同じくらいに足を引きずって歩けます。ときには新しい足と取り替えることもあります。隣人にはこんなまねはできません。それまでの義足は暖炉の薪にだってできるのです。』」

ヘルダー[14]は1786年から88年にかけて A. J. リーベスキント[15]とともに東洋の物語と寓話から選りすぐった『パルムブレッター』を創刊しました。これは私たちがそもそも児童文学の中に持っているものの中で最良のものに属しています。それらは教訓的で、教育的ではありますが、知識をひけらかしたりはしていません。信心深くはありますが、偽善的ではありません。何とも魅力的で美しい言葉がそこにはあるのです。1857年にこの

『ガリヴァー船長の小人国への旅』、ライプツィヒ、1830年頃

　本に新しくホーゼマン[16]の絵が入りました。この体裁はとりわけすばらしいものですが、ほとんど買い求める人がおらず、出版された大部分は売れませんでした。ですから読者の好みに合わなかったおかげで、およそ10年前でも店に出たばかりの新刊本の状態なのに、半額で買うことができました。

　さらに第三の人、1778年生まれのエルンスト・フォン・フーヴァルト[17]はかつては評判がよく、子どもたちのためにたくさんの仕事をしました。彼は1820年から24年にかけて『教養階級の子どものための本』全3巻でランベルク[18]のきれいな銅版画を添えて自分の最良の部分を提供しました。そこにはやはり劇、長めの歌、物語、メルヘンが収められています。どの作品もみな等しい価値をもっている訳ではありませんが、その周囲にあ

った低俗な文学に比べるとひときわ傑出しています。

多産な劇作家、アウグスト・フォン・コッツェブー[19]は1812年に『わが息子たちのための物語』一巻を上梓しました。序文によればこの本を受け継ぐべき息子たちは少なくとも8人いたそうです。私は11ある物語のうち二つは内容の点でまずまず気に入りました。物語はみなよく書けています。怪談とロビンソン物語も欠けてはいません。当時はこれらを含めないで公にされる本はあまりありませんでした。有名な作家の手になるからといってこの作品が重要だとは言えません。

1824年にヘーベル[20]は『聖書物語』を書きました。やはり偉大な人が子どもたちのために愛情をたっぷり注いだ例証です。彼の『宝の小箱』も当時の子どもたちに好かれていました。今日では真の民衆本となっています。

ヘーベルほどには知られていませんが、同じ時代の、フリードリヒ・ヤコプス[21]はその名を挙げておく価値があります。その『マイナウの休暇』（1820）や同類の物語を収めた作品集に後の作家たちが及ばないこともたびたびありました。今日では子どものための良い本が発作的に探し求められ、誰でも知っている有名な本ばかりが印刷されています。昔の宝が後の時代に金メッキを施したまがいものによって押しやられ、覆い隠されてしまい、見過ごされているのです。

例えば善良なレールおじさん[22]の『小さな物語集』（1800-1809）が繰り返し新しく印刷されています。確かにそうするのにふさわしいところもあるのですが、どうして数多くの、もっとよいものを忘れ去ってしまうのでしょうか。理由は単純で、原本がわずかしか残っていないためなのです。騎士や盗賊の物語、怪談、ありとあらゆるロマンチックでセンチメンタルなも

のは、まさにそれらが誕生した時以来十分に伝わっています。収集家たちはそうしたものを受け入れ、珍しいものを探し求めてきました。けれども子どもの本はわが国の公共図書館が「小さい文学」と読んでいるものにとどまりましたし、これからもとどまり続けるでしょう。人々は気にもとめずにそのそばを通り過ぎてきました。今日でも変わりはありません。毎年毎年新しいものが生み出され、同時にまた忘れられていきました。あれやこれやの子どもの本が尊重されたのはおそらくひとえに挿絵のおかげだったのでしょう。銅版画の部分のみが保管される一方で、文章は大切にされず、ほとんど読まれないまま隅に押しやられたのです。確かに児童文学の最も古い時代に生まれた価値あるものが消えてなくなっていることは、ほとんどないのかもしれません。けれども後の時代の、多くの良いものが、それを保護し、保存すべき人々の無関心のせいで消えてしまったのです。

1　『ドン・キホーテ』：スペインの作家、Mighel de Cervantes（1547-1616）による二部構成の物語。騎士道物語を読みすぎた田舎紳士、ドン・キホーテが空想と現実を混同して奇想天外な物語を繰り広げる。彼に従って旅に同道するのが、近所の農夫、サンチョ・パンサである。第1部（1605）、第2部（1615）。

2　「楽しい子ども文庫」：巻末文献表213頁参照

3　ベルトゥフ：「歌」の章の注13参照

4　ル・サージュの『ジル・ブラース物語』：フランスの作家、Alain-René Lesage（1668-1747）が1715年から1735年にかけて刊行した悪漢小説。スペインを舞台として単純素朴な青年がさんざん苦労をなめながら（悪）知恵と度胸で立身していく。

5　ウンガー様式の文字：ローマ体のアルファベットを普及させようとしたものの、果たせなかったベルリンの印刷業者、Johann

Friedrich Gottlieb Unger（1753-1804）が Johann Christoph Gubitz（1754-1826）と共同で開発した新しい書体の亀の子文字。角を減らし、曲線をより単純にした。

6　『デカメロン』：イタリアの詩人、作家 Giobanni Boccaccio（1313-1375）によって1353年に刊行された。ペストを怖れて避難した男女計十人が十日間各十話、計百編の話を語り合う枠物語。

7　グリンメルスハウゼンの『阿呆物語』：Hans Jacob Christoffel Grimmelshausen（1622?-1676）がスペインの悪漢小説を範として自身の三十年戦争の体験を踏まえて書いた（1669）。戦争のために早くに孤児となった少年が成長するにつれて抜け目のない大人となり、波瀾万丈の生涯を送る。

8　『ガリヴァー』：イギリスのジャーナリスト、作家 Jonathan Swift（1667-1745）による四部からなる『レミュエル・ガリヴァーによる世界僻地への旅』（1726）。第一部のリリパット（小人国）の物語が最もよく知られている。

9　『子どものための礼儀作法』：ドイツの哲学者、作家の Adolf von Knigge（1752-1796）が著した『交際術』（1778）を、作家、文学史家の Johann Gottfried Gruber（1774-1851）が抜粋し、書き改めたもの。第一部が1800年に、第二部が1803年に出版された。

10　ムゼーウス：Johann Karl August Musäus（1735-1787）は当初牧師になるつもりであったが、慣習にとらわれない生き方のために就任を拒否され、教師、作家の道を歩んだ。彼が1782年から1786年にかけて出版した『ドイツ人の民衆メルヘン』によって広く知られている。

11　『子どもと子どもでない人のための道徳的な注意喚起』：上記ムゼーウスがフランス語の原典 "Les hochets moraux, ou Contes pour la première enfance."（『道徳用のガラガラおもちゃ、あるいは幼児のためのお話』、M. Monget 作、1781－1784年刊）から自由に翻案した作品（1788）。Monget については不詳。

12　賢者の石：錬金術で非金属を貴金属に変え、病気を癒やすとされている物質。

13　金毛羊皮：ギリシア神話で、羊に変身した海神ポセイドンとトラキア王の娘テオパネの間に生まれ、人の言葉を解し、空を飛んだと

いう金毛の羊から作られた毛皮。後に主神ゼウスに犠牲として捧げられ、竜がその見張りに付いた。したがって人力では減多なことでは手に入らない。

14 ヘルダー：Johann Gottfried Herder（1744-1803）、ドイツ文学の自立を促した文芸・思想の理論的指導者。若いゲーテに大きな影響を与えた。

15 A. J. リーベスキント：August Jakob Liebeskind（1758-1793）、ドイツの牧師、作家。上記ヘルダーの家庭で教師を務め、その勧めで『パルムブレッター、子どものための東洋の説話集』2巻（1786-1788）を編纂した。

16 ホーゼマン：Theodor Hosemann（1807-1875）、ドイツの画家、グラフィックデザイナー。経済的苦境にあっても画家としての修業を続け、図案やイラスト、風俗画家として活躍した。多くの児童文学作品に挿絵を描いた。

17 エルンスト・フォン・フーヴァルト：Christoph Ernst Freiherr von Houwald（1778-1845）、リュッベン（現ブランデンブルク州）に近いノイハウスの地主、法律顧問、作家。物語や劇の他にさまざまなジャンルの子ども向けの本を刊行した。

18 ランベルク：「黄金時代」の章の注2参照

19 アウグスト・フォン・コッツェブー：August von Kotzebue（1761-1819）、ドイツの劇作家、時流に乗った劇作に巧みで、人気を博した。主宰する雑誌で反自由主義的な論調を展開し、愛国主義的な学生組合を批判したことやロシアとの関係を疑われ、組合所属の学生に刺殺された。

20 ヘーベル：Johann Peter Hebel（1760-1826）、ドイツの聖職者、教育者、作家。早くに孤児となったが、大学で神学を修め、牧師となった。友人の勧めでドイツ南西部のアレマン方言で書いた詩集で認めら、その後暦を楽しい読み物にするために執筆した物語や逸話によって今日に至るまで愛好されている。

21 フリードリヒ・ヤコプス：Friedrich Jacobs（1764-1847）、ドイツの教師、図書館司書、作家。文芸の分野を中心に旺盛な出版を行った。

22 レールおじさん：Johannes Andreas Christian Löhr（1764-1823）、ドイツの聖職者、児童文学作家。家が貧しかったため苦学して聖職

者の地位に就いた。多様なジャンルの子ども向けの作品を数多く刊行した。

見た目

　昔は子どもたちを楽しませようと、とても多くの試みが行われました。私たちはヴァルディス[1]の寓話やロレンハーゲン[2]の叙事詩を聞きました。読本や図解の本、道徳物語、メルヘン、伝説、童謡に出会いました。世界文学という硬貨を鋳直して子どもたちの間に流通させようとする大胆な企てもありました。私たちはすでに巨大な広がりを見せている分野の、まだ入り口に立っているにすぎないのですが、その始まりは子どもの本の見かけ全体を手がかりにすればわかります。子どものための作品は、みな大人のためのそれにとても良く似ています。子ども用の八つ折本に銅版画が添えられることはあまりなく、表紙はみな緑、あるいは茶系統の質素な厚紙です。せいぜいで型押しした金文字の背表紙がある程度です。装丁にまだ特有のものは

ありません。あの頃の、子どもの本でいっぱいになった書棚と、ゲーテ時代の大人の図書室とでは見た目の差はありません。もちろんときには、たとえばカンペの著作あるいはニュルンベルクやライプツィヒで出版された特定の本のような、いくらか小ぶりの、より小さな手に合った判型の本に出会うこともあります。けれどもこれらは比較的新しい時代に入るものですし、さしあたっては標準からみてまだ例外です。19世紀の始め、1820年頃にはもっとはっきりとした変化が起きます。新刊本の中身はみな昔からおなじみではあっても、馬鹿げた教育方針のために旧態依然としていましたが、見た目はこぞって変わっています。子どもの本が今度は四辺がより正方形に近くなり、体裁はがっしりと、より厚くなっています。そして大人のための本と区別されていきます。加えて装飾をたっぷり施した活字で組んだ、あるいは石版で印刷したカバーが付くことがますます多くなります。とりわけ彩飾を施した銅版画によって目立ってきます。やがて色刷りの銅版画は子どもの本に欠かせないものとなります。

このような美事な版画はそれまでめったになかったのですが、それ以後は当たり前のことになりました。灰色のモノトーンだった物語作りの荒野から射し込んできたのはなんというみごとな色彩でしょう。

あのビーダーマイヤーの時代[3]には彩色にカーマイン、オレンジ、ウルトラマリンが特に好まれたようです。輝くような緑も頻繁に使われています。きらきら光る衣装、空の青さ、火山の荒々しくゆれる炎や激しく噴き上げる火、退屈な大人にとっては十分満足だったにせよ、これらと並んでおよそ白黒の銅版画や石版画が残り続ける場所があるでしょうか。バラはどこで

再び花開くのでしょうか。りんごの赤さや赤い頬はどこで輝く
のでしょうか。緑の上着や黄色いモール、茜色の武具に身を包
んだ軽騎兵はこれからどこで光を放つのでしょうか。品の良い
お父さんの素朴な、ねずみ色をしたシルクハットや美しいお母
さんの薄い黄色の頭巾でさえも誉め称えたくなります。例えば
そこには暖炉があります。上は緑で、下は黒です。けれどもこ
の黒からは火が顔をのぞかせていますし、この魅力的な小さな
場所がビーダーマイヤー様式の部屋全体を暖かくしています。
そしてまず赤い頭、黄色い首、緑の翼、青い胴体をしたオウム
が、体の色彩すべてを今度はすばしこく振る尾羽の中でも繰り
返して、私たちをうれしそうに見つめています。一人の男の子
がオウムに砂糖をやっています。この子は白いレースの襟のつ
いた明るいウルトラマリンの服を着て鮮やかな赤色のバンドを
しています。これは思い切った配色ですが、目を背けたくなる
ようなきついものではありません。この色彩画家の感覚は的確
です。狙いを外すことはめったになく、自分の職分を良く心得
ています。

　挿絵に色彩をつけることは最も良い意味での手作業でした。
あらゆる色が始めの何十年かはまだ絵筆で塗られていました。
ひな形を用いないこともありました。やがてリトグラフによる
色彩印刷が技術を簡素化、そして平板化しました。1830年代の
挿絵は、モノクロで小ぶりな枠に収まっているのがふつうでし
たが、さまざまな色彩が使えるようになって、その枠を譲り受
けると、それまでの単調さを脱して、絵の中央部がひときわ輝
きだしたのです。その頃にはもう子どもの本にも上質の、人を
引きつける装丁が施されました。販売競争が激しくなっていっ
そう目立つ必要があったからです。

とても人気があったのが、ヴィネット、つまり小さな絵で縁取りした銅版画、あるいは巧妙に仕上げた石版画による表紙絵でした。それらは中表紙の銅版画と同じ色をしていて、隣り合って一つのまとまった絵になっています。文字と色が競い合っているのです。すべてがとても魅力的です。

色彩はその頃から児童文学の特色になっており、子どもの本の題名は色彩によって伝わっていくかのようでした。

『ローゼンフェルトお父さんお気に入りのあずまやを飾る花づな』

『子どもの絵姿、無垢と徳』

『キルシェンタール（桜谷）の少年少女の誉れ』

——ああまったく、物語自体がこの躍動感に満ちた題名にふさわしければ良かったのですが。

けれども相変わらずそうはいきませんでした。絵の色彩が豊かになるほど内容は単調になっていきます。このジャンルの宿命であるかのようです。多作の教育者、ヨハン・エレミアス・クンマー[4]の作品、『時を告げる雄鶏』でさえも、彼の残した文章に何らの幻想を抱く必要はありません。まさに見かけの点でこれは特に魅力的な本で、多数出版されただけでなく、1870年代になるまで常に新しい形で出版され続けました。

このように美しい色彩の挿絵を付された当時の子どもの本の中味はほとんど退屈なものです。昔もそうでしたが、今でも子どもにはそのようなものを与えておけば十分だと思われているのです。あの20年間に名のある本物の作家たちが子どもの本に関わるのはきわめてまれでした。それまでよりも、また挿絵画家たちよりも関わりがもっと少なかったのです。あの当時の娯楽雑誌には、誠実さの証として三人の正直な未亡人のお話が載

「マダム　キッケブッシュと飼い犬アーゾル」、ライプツィヒ、
1830年

せられていなければなりませんでした。これは、近くに住む金持ちの奥様たちが未亡人たちに何の哀れみも感じずに贅沢な暮らしをしているというお話です。やがてこの奥様たちは経済的状況が暗転したため、彼女らの高慢な子どもたち、ハンヒェン、エリースヒェン、フリーデリクヒェンとともにそれまでの冷酷な人から謙虚で隣人愛にあふれた人になるのです。お金のたっぷり入った財布を見つけたり、さげすまれたユダヤ人を家まで送っていくハインリヒたちやゴットリープたちも欠かすわけにはいきませんでした。もちろんひどく困ったからと言ってその財布に手をつけたりしませんでしたし、後に家宝が消え失せて健気な小間使いがひどく疑われたときに、見つけてくれるのはこのユダヤ人なのです。歳の市で銀の巻き毛をした親切な乞食

「陽気なおさるさん」、ライプツィヒ、1835年

に銅貨を恵む様子や、解剖学的にはありえないけれども、びっくりさせるには十分な格好で、枝やはしごを足がかりにひょいひょいと渡っていく果物取りも登場しなくてはなりません。炭焼き小屋も見当たらないので、崖際で夜を過ごし、森のイチゴで命を長らえる、道に迷ったクリスチアンも欠かせませんでした。読者の体が痛くなりそうです。

　当時の子どもの本はおおよそこんな風でしたし、特に優れたものはありません。「世界史」もたいくつな物語の言い訳にますます使われていきます。メルヘンが一般におかれていた惨めな状況はすでにお話した通りです。非常に人気があったのは旅行記でした。これらは他の文献に依拠しているか、さもなければ大人向けの本を仕立て直したものです。作るのにこれ以上簡単なことはありません。一方で表題に「まねではない、独自の

著作」と高らかに唱っているものもあります。序文では「実例を伴わない教訓は子どもにとっては無味乾燥にすぎます」と続けています。さらに「確かに苦すぎることがたびたびありますから、ショウブを砂糖に漬けて摂取できるようにすることほど自然なことがあるでしょうか」とあります。これは文字通りの引用です。したがって「砂糖漬けのショウブ」ほどこの種のやっつけ仕事にふさわしい名称はありません。もちろんこのことは当時だけではなく、最近に至るまで当てはまります。残念ながら大多数の読者は子どもの本を買うときにとても投げやりなのです。

1　ヴァルディス：「娯楽読み物の先駆者たち」の章、注4参照。
2　ロレンハーゲン：同上、注7参照。
3　ビーダーマイヤーの時代：フランス革命に端を発したヨーロッパの変動が落ち着いた1815年から再び社会変動の起こる1848年までの時期。人々の気持ちは内向きとなり、家の中の居心地の良さが追求された。これに限らず、文化・文芸の傾向全般をも指す。
4　ヨハン・エレミアス・クンマー：Johann Jeremias Kummer（1785-1859）、ドイツのギムナジウムの教師。詩、寓話、劇、翻訳の分野で活躍した。

古典的児童文学作家

　子どもの本を書くにあたってクリストフ・フォン・シュミート[1]が理想とされた時代がありました。彼は両親や教師すべてにとっての聖ネポムク[2]であり、学校図書館には必須の存在でした。彼の本と並ぶとアマーリア・ショッペ[3]の厚表紙の本でさえも印象が薄れたのです。彼女は（文字通りに受け取れば）多才なことでは印刷機械のように実直なシュミートに引けをとりませんでした。全部で18巻あったシュミートの全集は退屈な鋼板画に甘んじていたのに、ショッペの本は美しい銅版画で飾られていただけに一層そうだったのです。勇ましいシュミートは銅版画で十分だと思っていました。そして彼の『ハインリヒ・フォン・アイヒェンフェルス』[4]や『復活祭の卵』[5]やその他の物語は悪い結果にはなりませんでした。しかし今日の私たちからすると、山ほどある信心の戒め、まったく信じがたい天の摂理、それに彼の本に出てくる子どもたちに現実離れした描写があることは少なからず気に入りません。それにもかかわらず私たちは素直な年齢のときには彼の本を読むのが好きでしたし、児童文学に対して後々まで大きな影響を残しました。彼の本では良い行いをすればごほうびがあり、悪いことをすれば罰されましたし、ありとあらゆるロマンチックな冒険も体験できました。それ以上に何が望めたでしょうか。道徳を一緒に入れることは彼にとって継承であり、昔ながらのドイツの流儀であり、速読をそれほど妨げるものではありませんでした。おそらく舌は少し乾いたでしょう。ですからこれらのページにはあま

Die
Ostereyer.

Eine Erzählung
zum
Ostergeschenke
für
Kinder.

Von
dem Verfasser der Genovefa.

Landshut. 1816.
in der Krüll'schen Buchhandlung.

「そのとき、ボキッと音がして鳥の巣荒らしたちが乗っていた枝が折れ、枝に引っかかりながら下へ落下し、二人は地面に激しくたたきつけられました。」

り指の跡がありません。それともそうなったのはひょっとすると、ときには何頁もまとめて丸ごと飛ばしてしまったせいなのでしょうか。

　私はシュミート、この影響力のあった人とその美しい大部の全集を、彼以上に深く敬意をはらっているカンペと並べています。にもかかわらず、シュミートを低く評価していることにお気づきでしょう。それでも並べておくのは児童文学全体の中でこの二人の著者の作品にだけ「決定版全集」というタイトルが付与されているからです。カンペの全集は35巻に上り、シュミートのはその半分に過ぎませんが、その代わり版型はより大型です。

　執筆した数の多さを問題にすれば、フランツ・ホフマン[6]やW. O. v. ホルン（W. エルテル）[7]その他がおります。数が多くても彼らの名前は忘れられてしまっています。今日例えばリヒァルト・バロン[8]、P. ケルバー[9]、F. シュミット[10]、G. H. シューベルト[11]といった人々を憶えている人がいるでしょうか。彼らはいやになるほどたくさん書いていますが、こうした大部のものの中には良いものも少なからずあります。これらの人々の中にグスタフ・ニーリッツ[12]の名前がないと思われるかもしれません。私は彼をおいしいお菓子のように取り分けておいたのです。彼はブラック・リストに載せられ、多くの批評家に徹底して悪い評価を下されました。けれども私は悪評を下した中に、誰一人としてもっとましな、後に残るものを子どもたちのために書いた人がいた、とは聞いたことがありません。私はニーリッツについて書かれた論文よりも彼の本を読む方が好きでした。彼の本の方がユーモラスでした。

　ニーリッツのすべてが良いとはいえませんが、彼の本当に良

アツェロート『子どものための短い物語と対話』、1825年頃
一コマ目：花が咲き終わると実がなります。
二コマ目：ここはカールの庭です。
三コマ目：人間は遊ぶためではなく、働くためにいるのです。

い物語が時代の流れの中で忘れ去られるまでに、これから数十年は経っていてほしい、とは願っています。ニーリッツはまた自分の本のいくつかに自ら挿絵を付けようとしたことは、彼が初期に書いた本のジャンルと同様に知られていません。彼が19世紀の30年代頃までに世に送り出したのは正真正銘の怪奇小説で、大変人気がありました。私はかつて合冊された彼の「ユーゲント・ビブリオテーク（子ども文庫）」を見つけました。この本をもらった子どもたちは本当に喜んだことでしょう。

　ニーリッツも他の児童文学作家たちが犯した、書き過ぎるという誤りと無縁ではありません。けれども彼は独創性でかなり優れていました。彼も当時の時代精神に従って歴史的な出来事を好んで採り入れました。ただ彼の根幹は創作にありました。他の作家たちのは無味乾燥な歴史の授業の域を出ませんでしたが、ニーリッツの見事な描写は、大成功をもたらしました。すばらしいのは自然描写です。彼は身の毛のよだつものを好み、それは私たち男の子に大きな影響を及ぼしました。手に汗握る彼の物語は、まったく作り事には見えませんでしたので、私たちはむさぼるように読みました。ニーリッツは今日過小評価されていますが、その作品の中で私たちを十分に驚きあきれさせてくれましたので、同業の作家たちとははっきり異なり、その傑出した点を強調して差し支えありません。

　例えばニーリッツはグーテンベルクの物語[13]の中に森で捕らえられた野生の女の子を登場させています。彼女はミミズと黒いカタツムリを食料にしており、読み進むのはかなりぞっとします。一方は落雷に打たれ、他方はおぼれて死んだ二人の男の子は死後に霊魂となってあの世で再会します。私たちは彼らとともにダンテ[14]でさえ知らなかった事柄、空想に満ちた魅力的

な出来事を体験します。大人だって子どもの本の内容にびっくりさせられることはあるのです。

　ニーリッツは興味深い現象です。後の世紀で彼は再発見されることでしょう。彼はそうされるのにふさわしい人です。今日はるかに彼に及ばない人たちが復活しているのですから。ニーリッツ以前に名を挙げた人たち、ホフマン、ホルン、その他の人々も非常に多数の作品を書きながら良いものと悪いものを交互に送り出し続けました。彼らの作品は何とかビーダー・マイヤーの枠を抜け出しています。一つ一つ取り上げればそれほどでないのもありますが、彼らはやはり当時の児童文学に独自の足跡を残しました。子どもの本は次第に向上していきました。とはいえ彼らの文章だけにとどまってもいられません。私はこれから、絵やまったく斬新な装丁を特色とする一群の本を紹介します。それらの本は幸せな双子惑星、すなわち今、天空に上ろうとする星ホフマン[15]と、その出版社ヴィンケルマン・ウント・ゼーネ社[16]の下で誕生したのです。

1　クリストフ・フォン・シュミート：「歌」の章、注15参照。

2　聖ネポムク：Johannes von Nepomuk（1340頃 -1393）、ボヘミアのカトリック司祭。ボヘミア王と教会の対立が亢進したあおりで迫害を受け、落命。後に王妃の告解を王に明らかにするのを拒んだために殉教したとの伝説が生まれた。聖職者、船員、橋の守護聖人とされる。

3　アマーリア・ショッペ：「新しい児童文学の創造」の章、注18参照。

4　『ハインリヒ・フォン・アイヒェンフェルス』：シュミートによる1818年の作品。彼の創作は、明確に善悪が書き分けられ、初期には悪が勝利し、最後に善の勝利に至るのが特色となっており、これもその系譜に属している。

5 『復活祭の卵』：シュミートによる1816年の作品。辺鄙な村にニワトリと卵の効用を伝えた貴婦人の物語。この作品は彼が「復活祭の卵の著者」と呼ばれるほどの成功を収めた。

6 フランツ・ホフマン：Franz Friedrich Alexander Hoffmann (1814-1882)、ドイツの児童文学及び大衆文学の作家。年鑑「新ドイツ子どもの友」の発行者。大小およそ250の物語を執筆した。

7 W. O. v. ホルン（W. エルテル）：W. O. von Horn、本名 Friedrich Wilhelm Philipp Oertel（1798-1867）、ドイツの新教聖職者、大衆文学及び児童文学作家。生涯に75巻の著作を刊行し、20世紀半ばまで読み継がれた。

8 リヒァルト・バロン：(Paul Friedrich) Richard Baron（1809-1890）、ドイツの児童文学作家、新教の牧師。宗教心や愛国心を涵養する作品を書いた。神の摂理で幸福な結末を迎える彼の作品はクリスマスの贈り物として人気があった。

9 P. ケルバー：Philipp Wolfgang Körber（1811-1873）、ドイツの教員、教会付属学校の聖歌隊長、児童文学作家。地理や歴史など実用的素材を基に教訓を込めて物語を作り上げた。一つの出版社から10年足らずで50タイトル以上を上梓するなど多作の人であった。

10 F. シュミット：Ferdinand Schmidt（1816-1890）、ドイツの小学校教員、児童文学及び大衆文学作家。時に盗作とそしられるほど多作の人だった。

11 G. H. シューベルト：Gotthilf Heinrich von Schubert（1780-1860）、ドイツの医師、思想家、作家。文学及び自然科学の分野で幅広い執筆活動を行った。その著作の多くは版を重ね、死後も刊行された。

12 グスタフ・ニーリッツ：Karl Gustav Nieritz（1795-1876）、ドイツの教員、大衆文学及び児童文学作家。

13 グーテンベルクの物語：『グーテンベルクとその発明』、ニーリッツによる1841年の作品。ヨハネス・グーテンベルク（Johannes Gutenberg、1398頃-1468）はドイツの印刷業者で、金属活字を用いて印刷に革命をもたらした活版印刷技術の発明者とされる人物。

14 ダンテ：Dante Alighieri（1265-1321）、イタリアの詩人、哲学者、政治家。イタリア文学史上最大の作品とされる叙事詩『神曲』（1307頃-1321）の作者として知られる。

15　ホフマン：「ロングセラー」の章、注7参照
16　ヴィンケルマン・ウント・ゼーネ社：「躍進」の章、注6参照。

躍進

　ここまでで偉大な芸術家が子どものために絵を描いたことはまれにしかありませんでした。ところがドイツのもっとも優れた画家の一人が大人以上に子どものために身を捧げたことは、彼の人生のもっともすばらしい一頁として記憶され続けることでしょう。

　すでに1830年代初めにはホーゼマン[1]の挿絵を載せた最初の子どもの本が出版されました。初めはまだ小さな八つ折版[2]でしたが、1835年には最初のもっと立派な装丁の本が、それからその他の版が次々と絶え間なく出版されました。

　ホーゼマンの本は連綿と続いて200冊もあります。それらをすべてめくってみると、同じテーマを扱っていることもたびたびあるのに、それでもその都度引きつけられるのは驚きです。この偉大な芸術家は小さい人たちのために多くの仕事をしました。出版社に励まされ、斬新な子どもの本を生み出し、その優雅で軽やかな手さばきと絵から発するこまやかなユーモアによって繰り返し私たちをうっとりとさせてくれます。

　残念ながら、またしても気付かされるのは、ホーゼマンがその生き生きした挿絵を提供した本文が、たいてい期待はずれであることです。例えばいつも楽しくおしゃべりしている A. シュタイン（マルガレーテ・ブルフ）[3]の文章のような上質のものはほんの少数です。彼女の『52の日曜日』[4]は今日でもなお版を重ね、読まれています。そもそも彼女のものはみなそうなのです。ベルリンの出版社はとても精力的な営みを展開しまし

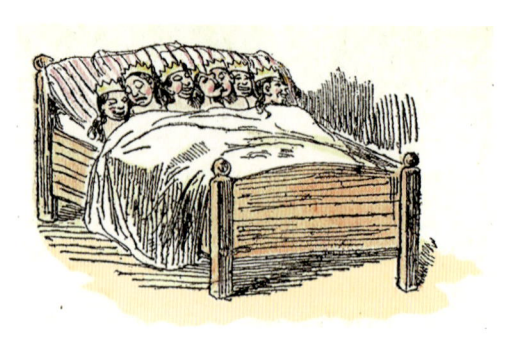

T. ホーゼマンによる『親指小僧』の挿絵、1841年

たので、そこで活躍した人たちの名前や優れた作品にも言及しておきたいところです。けれどもこれは私たちの本では実現出来ません。児童文学のパルナソス山[5]で出会う人たちがたくさんいるからです。私たちはこの分野での少数の代表者で満足しなければなりません。新しい時代に入るほどいっそう多くなるからです。この時代の子どもの本は全く新しい顔を獲得します。ヴィンケルマン社[6]の成功に影響されて、あの楽しげに、彩り豊かに飾り立てられた厚紙表紙の本が至る所に誕生します。このような本はたっぷりと装飾され、いつも新しいものが描かれました。本の形や見かけにどれほど多様な可能性があるかについてはそれまで注意が向けられてきませんでした。子どもの本で初めて関心が向けられたのです。なぜなら大人向けの本は装丁のモチーフの転換と全く無縁なところで展開していたからです。大人の本が色刷りの表紙に関心を向いてきたのはようやく最近になってからです。

　この色とりどりの花の萼（がく）はますます多く、ますます楽しげに開いてゆき、やがて刻印され、金と虹色のまばゆい光りを放つ装丁でその頂点に達しました。この種の出来たての豪華本を手

にするために20、あるいは25グロッシェン銀貨[7]が必要になった頃には、クリスマスツリーの下でどれほどまばゆく光輝いていたことでしょうか。

　色刷りの表紙と並んでこの種の本でそれ以上に認められる特徴は手描きで色を施した石版印刷です。ヴィンケルマン・ウント・ゼーネ社では1860年代まで型板なしで色彩を付けていました。簡便で少量ですんだこともあって同社では他の手法よりも水彩をふんだんに挿絵に用いていました。石版による色彩印刷は、時にはきれいな仕上げをされることもありましたが、手描きの効果には及びませんし、今日用いられている多色印刷法にもそうした魅力はありません。その時代の精神から生まれた昔の本は模倣出来ないのです。まねてみても何かわざとらしいもの、不自然なものが付着してしまいます。少なくともホーゼマンの絵がかなり早くから収集家たちに発見され、保管されてき

T. ホーゼマンによる『親指小僧』の挿絵、1841年

たお陰で今日でもなおそのうちのとても多くのものが残っているのです。

　1830年から1876年にかけてヴィンケルマン社だけでもホーゼマンの挿絵の入った200冊に及ぶ本が出版されました。それと並んでかなりの数が別の出版社からも出ました。年によっては8ないし12の異なった作品が出版されました。しかもメルヘン、伝説、道徳や歴史の物語、詩集、教訓的題材などあらゆる分野に及んでいます。けれども中心は娯楽物語、とりわけ短い物語でした。この短編物語は特に年かさの女の子のために書かれました。数多くの女性の書き手のうち、いくらかでも正書法[8]を会得していた人は、子ども相手に書いて、お化粧料を稼ぎたいと感じていたようです。実際に才能のある人はわずかでした。ともかく確かなのは文章がそれまでよりも良くなったことです。特に年少の子どもたちのためにたくさん本が出て、小さいうちに道徳の約束事だけが与えられるようなことはなくなりました。冒険物語は以前にはしばしば陳腐で説得力がありませんでしたが、今度は外国文学を利用して、腹を空かせた男の子たちにもっと変化に富んだ栄養を提供しました。ベルリンの教師、テーオドア・ディーリッツ[9]はその中心的な代表者となりました。彼のまとめた本は読み応えがあり、多数の版を重ねました。ちなみに男性作家たちは女性の後塵を拝していました。女性作家たちは、おそらくパンのために稼ぐよりは名誉のために、つまりより安い原稿料で、注文通りの仕事をしたからでしょう。

　ヴィンケルマン社の絵は1830年から1860年にかけての時代全体を特徴づけるものになっています。このベルリンの出版社の成果は至るところで模倣されたため、題材からではよそと区別がつかなくなりましたが、見た目の点ではやはりちがいます。

マイン川[10]は子どもの本の場合でもやはりドイツの北と南を分けています。バイエルン[11]とシュヴァーベン[12]から得られるものはより軽やかで優雅です。南ドイツの出版社の本はそれ自体で一つの系統を構成しています。それらの出版社は自分の関心に従って独自のスタイルを創り出しました。それを長い間守り通す様子を観察するのはとてもやりがいのあることです。表紙を見ただけでも南ドイツの子どもの本なのか、それとも北ドイツの本なのかはすぐに分かります。この点、大人の本では子どもの本ほどはっきりとは分かりません。ほどほどの文章とまずまずのきれいな絵でしかないにしても、同種の本を互いに並べて見れば、楽しめるものです。過ぎ去った時代の音の響きが目を覚まし、おじいさんの日々が生き返る——この穏やかで好ましい静物画は、今日では夢で見るしかありません。けれども楽しい暮らしに登場する素朴なものを夢見ることは十分出来るのです。このような本を私は書誌学的稀覯本に対して「ギルド[13]的」な子どもの本と呼んでいます。これらの本は出所由来

が偉大な芸術家の手になるものである必要はありませんし、魅力と喜びを提供してくれるのはまさにその無邪気さなのです。どこにその魅力が潜んでいるのでしょう。一つの明確な答えを求める人にそれを説明するのは困難です。感覚に関わることですから。

1　ホーゼマン：「世界文学と古典作家たち」の章、注16参照。

2　八つ折版：「目で見る」の章、注3参照。

3　A. シュタイン（マルガレーテ・ブルフ）：Anna Stein (1792-1874)、本名 Anna Margaretha Louise Wulff 、日記体を含む少女向けの物語を年齢層別に書いて、広く受け入れられた。なお、ホブレッカーは Margarethe と綴っているが、Margaretha が正しいようである。

4　『52の日曜日』：A. シュタインによる1846年の作品。農場で暮らす3人の子どもたちが日曜日毎に順番に自分の一週間の体験を物語る。

5　パルナソス山：ギリシア神話で光、医術、音楽、予言を司るアポロンと文芸、学術、音楽、舞踊を司る女神ミューズたちが住むとされるギリシア中部の山。

6　ヴィンケルマン社：Johann Christian Winckelmann が息子たちとともに1828年に Winckelmann & Söhne としてベルリンに設立した印刷所兼出版社。専属画家として Theodor Hosemann を擁し、当時子ども向けの本を書いた著名な作家たちの作品を数多く出版した。

7　グロッシェン銀貨：ドイツでかつて用いられた硬貨の呼称。その価値は19世紀半ばでターラー銀貨の三十分の一程度の価値だったらしい（「目で見る」の章、注6参照）。「1873年にドイツ最後のグロッシェン貨が発行されたが、そのサイズは12ミリ程度であり、合金貨であった。」（平木啓一：新・世界貨幣事典、PHP 研究所、2010年、306頁）

8　正書法：言語の正しい書き表し方。正字法とも言う。

9　テーオドア・ディーリッツ：Theodor Gabriel Maria Dielitz (1810-1869)、歴史、地理、民族分野を扱った物語の改訂者、作者。『ギムナジウムと実科学校のための世界史の基礎』（1836）は大きな

成功を収め、長く愛好された。

10　マイン川：ライン川右岸で最大の支流（524km）。ドイツの中部を
　　西に流れる。その下流域に金融の中心地、フランクフルト・アム・
　　マインがある。

11　バイエルン：ドイツ南東部に位置する（ドイツで最大の州を構成、
　　州都はミュンヘン）。英語の名称は Bavaria。

12　シュヴァーベン：ドイツ南西部に位置する（現バーデン・ヴュル
　　テンベルク州の一部を構成、州都はシュトゥットガルト）。

13　ギルド：中世の同業者の組合。

黄金時代

　とても優れた芸術家たちが子どものために絵を描いたり、版画を制作してくれたことは大変うれしいことです。コドヴィエッキ[1]に続いたのは J. H. ランベルク[2]です。彼が挿絵を描いたのは、私たちにとってはすでになじみのフーヴァルト[3]の子どもの本だけではありません。彼の細やかな銅版画で飾られた本がたくさんあります。目につくのはラングバイン[4]の『ワクーナ、物語と寸劇』とラスマン[5]の『カーニバルの本』です。二点とも1826年に出版されました。後者はシラー[6]やゲーテの文章を復刻しているために需要が多いのです。むしろそれ以上にハインリヒ・ハイネ[7]の書き下ろしの詩が載っているので大人にも大変魅力あるものになっています。この本は大人にも子どもにも向いている、とうたっていますが、実際にはかなり年か

さの子どもにしか向かないでしょう。同じ時に19歳のオットー・シュペクター[8]が子どもたちに彼の最初の作品を提供してくれました。ヴェヒター[9]の寓話集『子どもの楽しみ』の表紙と巻頭の頁の絵です。この画家が世に出た最初の作品は今日では行方が全く分からなくなっています。

　ちなみに私たちが良く知っているのは、一番早い時期の石版画とまでは言えないにしても、ハイ[10]の『寓話』（1833、1837）のための絵です。この石版画は後の木版画ほど良い出来ではありません。もともとあった美しさの大方が、印刷されるときに失われてしまったのです。類似のものとして1836年にメンツェル[11]の絵を添えたエミーリエ・ファイゲ[12]の『小さなお友だち』が出版されました。これは一種の寓話で、他の多くのものと同様ハイの目ざましい成功を模倣したのです。この本は、絵には魅力がありましたが、かなり短命でした。原因はその文章が手本としたハイに及ばなかったことにあります。

　さて以後子どもの本にとってはとても豊かで幸福な年月が続きました。三人の傑出した画家たち、オットー・シュペクター、テーオドア・ホーゼマン、ルートヴィヒ・リヒター[13]が、同じ時に、ときどきではなく、絶えず児童文学のために描き続けたのです。この三人と並べて引けをとらない、あるいは見劣りしないのが、ユーリウス・シュノル・フォン・カロルスフェルト[14]、シュレーター[15]、ビュルクナー[16]、ライニック[17]です。ただ作品の数では及びません。さらに絵でも、文章でも若い才能をたっぷりと発揮したのがやはりポッツィ[18]です。後になるとデュッセルドルフの人たち、ヴォティエ[19]、ズース[20]、カンプハウゼン[21]、ゾンダーラント[22]らが加わります。以上は私がすべて名を挙げたい多数の人々のうちのほんのわずかに過ぎま

せん。たくさんの優れた挿絵画家たちが大きな幸運に恵まれ、すばらしい彫師たちにも支えられて、子どもたちのために仕事をし、最良のもの、彼らの美しい絵を、それに引けを取らない文章のために供給してくれました。

こうしてローベルト・ライニック（1847-54）のすばらしい『子どものカレンダー』、同じ天才的名人による『ABCの本』ができあがりました。そうして同種の数多くの小品と並んでシェーラーの編集した『ドイツの子どもの本』[23]が発展し、つくり続けられたのです。このすばらしさをまだ知らないすべての人にその題名をいくつか挙げて、私たちの公開コレクションの中を見る気になってもらうことにしましょう。コレクションにはカンペの『ロビンソン』、『黒いおばさん』のメルヘン[24]、ベヒシュタインやカイル[25]のメルヘン、『従者ループレヒト』[26]のお話の載ったクリスマス用新聞、貴重な『キツネのライネケ』などがあります。とくにL. リヒターによる挿絵の入った1840年から1860年にかけての50冊の子どもの本は優れた内容によっても際立っています。リヒターとホーゼマンが一緒に仕事をした子どもの本も何冊かあります。例えばクレトケ[27]の『新しい子どもの友』や1850年にベルリンで出版されたアンデルセンの

カール・フレーリッヒの影絵、1856年

メルヘン[28]がそうです。このメルヘンにはポッツィも何枚か絵を提供しています。

　ミュンヘンの人たちの中からは、このクレトケの名前だけを挙げておけば良いでしょう。それだけで私たちの心の目の前に陽気な世界が生まれます。彼の ABC の本、メルヘンや物語の挿絵、とりわけ人形芝居の魅力的な登場人物たちは、文章に完全に調和して挿しはさまれていますので、とても感動的です。同一の人の手からなる非常に美しく統一された絵と言葉を手にしますと、もうこれ以上望むべきことはありません。さらに、とりわけ魅力的な子どもの本をここで思い起こしておきましょう。ドイツの挿絵画家たちが自ら手がけた銅版画で飾られた本のことです。クレトケが1841年に出版した『寓話集』、『長靴を

はいた雄ネコ』の二つにはシュペクターの絵があり、ハックレンダー[29]の最初のメルヘンには、あまり知られていない画家、ツヴェッカー[30]の挿絵が付いています。同じ時代のハウフ[31]のメルヘンの版にはゾンダーラントの銅版画が添えられています。これらの例から本に対する芸術家の非常に洗練された趣味ときわめて個人的な関心が読み取れます。1846年にハンブルクで出版されたアンデルセンの『新しいメルヘン』にもシュペクターの石版画が入っており、ここで挙げた本の仲間なのですが、この傑出した画家の絵の数はそれほど多くはないのです。

　シュペクターの近くに位置するのはまたしてもホーゼマンです。彼は絵を自ら石版に描いたのですから。デュッセルドルフ派[32]の画家たちもそうでした。彼らのおかげで私たちはたくさんの美しい絵を手にしています。まず、その名を挙げるべきは『子どものアルバム』と四つ折[33]の2冊の少女向けの本でしょう。そこに収められている一枚一枚の挿絵は小ぶりながら本格的な絵画で、三百頁近い『子どもと大人のためのメルヘンと伝説』（1856）の各巻には25枚の大判の絵があります。子どもたちのためにすばらしく多くのことをやってのけた時代でしたが、後にそうなったような、そのことを自慢したりはしませんでした。

　ルートヴィヒ・リヒターは幸運にもその出版社のおかげで、価値あるものを描くことができました。ゲオルク・ヴィーガント[34]は平凡なものと良質なものを見分けることができる人でした。当時は他の多くの人々もヴィーガント同様良心的に考えていました。彼らには良いものが品数豊富に提供されました。画家で詩人でもあるライニクと並んでその優美な教訓詩で登場したのはルートヴィヒ・ベヒシュタイン[35]です。『室内で飼う鳥の自然史』（これは子どもの本ではないにしても十分なりうる

ものです）と『二百人のドイツ人たち』はすばらしい著作で、かつて子どものために出版された中で最も豪華な書物です。エールハルト[36]の全頁大の美しい木版画の付いた『ドイツ伝説集』も、彼のメルヘン集に劣らず重要です。興味深いのは伝説集のカラー版が作られ、ルートヴィヒ・リヒターの何枚かの木版画も子どもたちの求めに応じて彩色を施したことです。ギュル[37]、ホフマン[38]、クラウス・グロート[39]は年齢層それぞれに配慮したとても美しい詩を、小さい人のために提供してくれました。アンデルセンはメルヘンを創作し、早くからドイツ語に翻訳されました。ゲレス[40]は子どもに向けて『家庭の本』を出版しました。至るところで大変評判の良い名前に出会います。あの重要な時代の、子どものための古典の名を全てここで掲げることができないにしても、ポッツイについては挙げなくてはならないでしょう。一度彼に従ってオリエントへ行ってみましょう。そこでは

　「そうあれかしと願っているヒゲのトルコ人」

が何とか自分の不機嫌を抑えようと、いや逆に発散しようとし

ています。

　「これがトルコのスルタンの生活だとでも言うのか。腹立ちと気がふさがることばかりじゃ。モール人の女奴隷、ミミカツィを呼んでまいれ、ギターの伴奏で歌を歌わせよ。」

ミミカツィ：やんごとなきご主人様、何用でございましょうか。

スルタン：黙って言うことを聞け、卑しき奴隷めが。睡蓮の歌を歌うがよい。

ミミカツィ：（ギターに合わせて歌いながら）ディドゥルドゥム、ディドゥルドゥム、ディドゥルドゥム！
　　ひっそりと咲く睡蓮
　　静かに夢に見るのは三つの数字
　　ああ、暗き睡蓮よ
　　言っておくれ、それをわたしは書き留めよう
　　ディドゥルドゥム、ディドゥルドゥム、ディドゥルドゥ

ム！
そして睡蓮は喜びの甘き香りとともに
三つの数字を
蒸し暑い夕べの空気の中に
吐き出す

スルタン（勢い込んで）：その三つの数字とは何なのじゃ。富
　　くじに書き入れよう。
ミミカツィ（さらに続けて）：ディドゥルドゥム、ディドゥル
　　ドゥム、ディドゥルドゥム！
　　睡蓮が言うには
　　くじ引きが済んでからおたずねなさい
　　済んでからならたちどころに
　　数字を教えてあげましょう。
スルタン（腹を立てて）：余はその数字を知りたいのじゃ。お
　　前と睡蓮の首をはねられたいのか。
ミミカツィ：ディドゥルドゥム、ディドゥルドゥム、ディドゥ
　　ルドゥム！
　　お許し下さい。偉大なるスルタン様。歌はこれでおしまい
　　でございます。
スルタン：これでおしまいじゃと。下がれ、性悪猫め。数字を
　　思いつくまで一番深い牢獄で苦しむがよい。下がらせよ
　　（ミミカツィが連れていかれる）。」

　これぞポッツィの真骨頂です。おどけたいたずら者で、子ど
もたちには大変好かれています。あまり知られていないユーモ
アお芝居から選びました。どこから取ったかはわざとお教えし

ません。探してみてください。いい本がないなんて文句は言わないで、まずローベルト・ラィニクを読んでください。

御者の歌

御者は何をする？
御者は車に馬をつなぐ、
馬は引っ張る、御者はパシリと鞭を鳴らす、
それは大きく、通りじゅうに鳴り響く。
ハイ、ドウ、ドウ！

渡し守は何をする？
渡し守は川岸に舟をつける、
そして叫ぶ、「もうすぐ出るぞ、
向こうへ渡りたいならぐずぐずするな！」
エイ、コーラ、エイ！

そこに御者が大きな荷物を積んで到着した、
荷車には箱がいっぱいに詰み込まれていた、
それで渡し守は驚いた。
おや、あれ、まあ！

「おい」と渡し守は言った、
「お前を運ぶのは無理だな、兄弟、
荷物も全部ひっくるめてお代払ってくれないなら、
荷物の箱を一つをよこせ」。
エイ、コーラ、エイ！

Der Schifferknabe.

「船乗りの子」

153

「いいともさ」と御者は言った。
そして彼らが向こう岸に到着したとき、
荷物の箱が急にパッと開いた—
その中に入っていたのはただの風ばかり。
おや、あれ、まあ！

渡し守は腹を立てただろうか？
とんでもない！　彼は笑ってこう言った、
「どの箱からも空っ風が吹いてくるとは
道理でおいらの舟が早く進んだはずだよ」。
エイ、コーラ、エイ！

　この元気の良い小さな歌も、私が知る限りではそれから半世紀というもの再び印刷されることはありませんでした。ですから、汎愛主義者の弁髪[41]は何も残りませんでしたし、教育上の目的が無理強いされることもありませんでした。当時は随所にそのような元気をつけてくれる、心に通じる芸術があったのです。

　私たちは至る所で子どもの本に関与していた偉大な名前や、それよりは少し知名度が低い、職業的に子ども向けにだけ書いていた名前に出会います。テクラ・フォン・グンペルト[42]はおずおずとガチョウの羽ペンを動かし始めていました。というのも、まだクリストフ・フォン・シュミート[43]やフランツ・ホフマン[44]が彼らの創作活動の頂点に立っていましたし、それと並んで、うれしいことにグスタフ・ニーリッツ[45]、フェルディナント・シュミット[46]、カール・シュテーバー[47]たちが登場しま

した。シュテーバーについてはまだ語っていませんでした。彼の物語はもっと民衆に向けられており、いい意味で敬虔です。聖書のたとえが多く出てくるにもかかわらず、とても読みやすいのです。オッティーリエ・ヴィルダームート[48]は女性らしい気持ちの動きに沿って、子ども向けの娯楽作品に貢献しました。彼女は数少ない天性の才能を備えた人々の一人であり、神が恵んでくれた女流作家です。彼女が一貫して語った、とりわけシュヴァーベンの物語と、それらに近いイザベラ・ブラウン[49]やテレーゼ・メッセラー[50]の物語は、南ドイツの本質を体現しており、陽気です。そのことがとても大事なのです。この三人に言及するなら、全く行方不明のアウグスト・コロッディ[51]のことも忘れてはいけません。生まれはスイスで、彼はドイツの南部でたくさん印刷されています。彼はこれらすべての作家たちのうちで最も陽気で、ポッツィ風です。彼もまたそのかわいらしい物語に自ら挿絵を描いたのでした。

　今、あの時代のすべてのものが美しく、上質な存在だったと信じてはなりません。堅実なものと並んで価値のないものが、かつてと同じようにたっぷりあったのです。つまり、読みものの量は増えてももっとよいものをつくっていこうとする気がないのです。児童文学創造の主要都市として、シュトゥットガルト、ミュンヒェン、ライプツィヒ、ベルリンが出現しました。そこでは恐ろしいほど大量の本がつくり出されたのに、こんなにもわずかしか残っていないのが不思議に違いありません。かつて子どもたちの手にあったものは、確かにほとんどの場合、破棄されてしまって取り返しがつきません。しかしそれでもやはりすべてが売り切れてしまったわけではありません。いったいそれらはどこに散逸してしまったのでしょうか。その答は、

古紙回収業者にあります！　ひょっとしたら、この本が印刷されている紙が、かつての伝説上の作品『お使いの女は何を持ってくるでしょう』[52]の一部を成していたのかもしれませんよ。

1　コドヴィエツキ：「目で見る」の章、注4参照。

2　J. H. ランベルク：Johann Heinrich Ramberg（1763-1840）、早くから画家としての才能を発揮し、17歳でロンドンに渡った。同地でジョージ三世の後援を受け、芸術アカデミーの会員となる。後にハノーファーの宮廷画家に任命された。

3　フーヴァルト：「世界文学と古典作家たち」の章、注17参照。

4　ラングバイン：August Friedrich Ernst Langbein（1757-1835）、大学で法律を学び、法務関係の仕事をした後、フリーの作家となった。ドレスデンで文芸担当の検閲官にもなるが、温和な対応を取ったためたびたび上司と衝突したという。

5　ラスマン：Friedrich Christian Raßmann（1772-1831）、ギムナジウムの教師を経て作家に専念した。多方面の文芸活動を行ったが、とりわけアンソロジーの編集に巧みで若い人たちにも受容された。

6　シラー：Friedrich von Schiller（1759-1805）、ゲーテと並び称されるドイツ文学黄金時代の作家、詩人、歴史家。劇作を得意とする。ベートーベンの第九交響曲「合唱」の詩はシラーの作品「喜びに寄す」に基づいている。

7　ハインリヒ・ハイネ：Heinrich Heine（1797-1856）、18世紀前半のドイツを代表する詩人、作家。詩のみならず、散文にも情熱を込め

た優れた作品を発表した。

8 オットー・シュペクター：Otto Speckter（1807-1871）、版画家、画家。父の経営する工房で石版画の制作に従事した。後に経営も引き継いだが、結局工房を売却して画業に専念した。挿絵の分野で国際的な名声を得た。

9 ヴェヒター：Leonhard Wächter（1762-1837）、歴史的題材の物語を得意とした作家。フランス革命にあこがれ、彼の地で軍人として革命に参加した。負傷後帰国して教師や図書館員として働いた。

10 ハイ：Johann Wilhelm Hey（1789-1854）、牧師、詩人。聖職者としての活動の傍ら友人たちに促されて詩や説教を発表した。オットー・シュペクターの挿絵を添えて匿名で刊行された『子どものための50の寓話』（1833）は児童文学の古典とも言われる。

11 メンツェル：Adolph Friedrich Erdmann von Menzel（1815-1905）、画家、版画家。版画については父に学んだものの、画家としてはほとんど独学だった。クーグラーの『フリードリヒ大王伝』におよそ400点の挿絵を描いたことが画家としての評価を高めるきっかけとなり、以後歴史画、風景画、風俗画でも多彩な活動をした。

12 エミーリエ・ファイゲ：Emilie Feige（1801-1860頃）、本名 Sabine Eberhardt。「ベルリン週刊こども新聞」（1832-1836）の主要な執筆者で、物語や詩を収めた多数の子ども向けの本を発表した。

13 ルートヴィヒ・リヒター：Ludwig Richter（1803-1884）、風景画家、版画家であった父の下で修行し、早くから才能を開花させた。20歳でローマ奨学金を得て、イタリアに留学した。民衆や子どもの世界を詩情豊かに描き、後期ロマン主義を代表する画家となった。

14 ユーリウス・シュノル・フォン・カロルスフェルト：Julius Schnorr von Carolsfeld（1794-1872）、ライプツィヒの美術学校長だった父の下で修行の後、ウィーンの美術学校で学んだ。ドイツロマン主義の有力な画家であり、挿絵画家としても活躍した。

15 シュレーター：Adolf Schroedter（1805-1875）、父を早くに亡くしたが、父と同じ版画の道で修行をするとともに美術学校に進んで、油絵を学んだ。ユーモラスな状況や人を描いた挿絵は広く受け入れられた。

16 ビュルクナー：Hugo Bürkner（1818-1897）、画家、版画家。ドレ

スデン美術学校教授（版画部門）として19世紀ドイツ版画の発展に寄与した。彼の挿絵は子どもの本で大変人気があった。

17 ライニック：「民衆本」の章、注36参照。

18 ポッツィ：Franz Graf von Pocci（1807-1876）、ロマン主義の画家、作家、音楽家。バイエルン王国の宮廷勤めでの浮いた時間を利用してたくさんの詩・物語と絵を残した。人形劇作にも才能を発揮した。

19 ヴォティエ：Marc Louis Benjamin Vautier（1829-1898）、スイスに生まれ、絵付けの職人として出発した。デュッセルドルフを中心にさまざまな師匠の下で絵画修行を重ね、ドイツの農村や地方の風俗画の分野で名声を得た。挿絵画家としても大きな貢献をしている。

20 ズュース：Gustav Süs（1823-1882）、カッセル、フランクフルト・アム・マイン、デュッセルドルフの各地で絵を学び、風俗画や動物画（とりわけニワトリの絵）の分野で人気を得た。

21 カンプハウゼン：Wilhelm Camphausen（1818-1885）、デュッセルドルフの美術学校に学び、歴史画、戦争画の分野で活躍し、馬や騎乗姿の絵で評価が高かった。

22 ゾンダーラント：Johann Baptist Sonderland（1805-1878）、デュッセルドルフの美術学校に学び、風俗画や、特に後半生は挿絵画で活躍した。注文に巧みに応じる熟練の技を持ち主であった。

23 シェーラーの編集した『ドイツの子どもの本』：『昔と今の童謡、寓話、格言、なぞなぞ』と題して1849年に出た。この本は後に『絵入りドイツの子どもの本　昔と今の歌、メルヘン、寓話、格言、なぞなぞ』の題で、1863年から1869年にかけて2巻本で出版された。シェーラー（Georg Scherer, 1824-1909）はシュトゥットガルトの大学教授を経て、文筆業に専念し、数多くの民謡や子どもの本を編纂した。

24 『黒いおばさん』のメルヘン：クララ・フェヒナー（Clara Fechner、1809-1900）によるメルヘン集（1848）。L. リヒターの挿絵が添えられている。「黒いおばさん」はこの本でメルヘンを語ってくれる黒い髪の、黒ずくめの衣装を常に身につけている老婦人の愛称。

25 カイル：Johann Georg Keil（1781-1857）、作家、ロマンス語系文学者。翻訳等を通じイタリアやスペインの文学を紹介するとともにL. リヒターの挿し絵の入った『おじいさんのメルヘンと物語』を

1847年に出版した。

26　従者ループレヒト：ドイツの風習では聖ニコラウスに付き従う下僕。良い子には褒美を、悪い子には罰を与える。

27　クレトケ：「歌」の章、注21参照。

28　アンデルセンのメルヘン：デンマークの作家、Hans Christian Andersen（1805-1875）は平易な言葉を用いて繊細でわかりやすいメルヘンを数多く創り出し、世界中で親しまれている。

29　ハックレンダー：Friedrich Wilhelm Hackländer（1816-1877）は早く孤児となり苦労を重ねたが、作家として成功した。自らの体験と見聞を基にユーモラスで写実的な文体で綴った作風は人気を博した。

30　ツヴェッカー：Johann Baptist Zwecker（1814-1876）、画家。書籍・雑誌の挿絵を多く手がける。とりわけ自然史の分野での挿絵で活躍でした。

31　ハウフ：「民衆本」の章、注33参照。

32　デュッセルドルフ派：プロイセン王立デュッセルドルフ美術学校を中心にその教師から公的・私的に学んだり、その近縁で活動した画家たちを指す名称。

33　四つ折：全紙を二度折って一枚を四分の一にした大きさ（22.5×29cm）。ドイツ工業規格では A4サイズ（21×29.7cm）となる。「目で見る」の章、注3参照。

34　ゲオルク・ヴィーガント：Georg Wigand（1808-1858）、1835年にライブツィヒで本人の名を冠した出版社を創業し、子ども向けのメルヘンを中心に刊行した。

35　ルートヴィヒ・ベヒシュタイン：「民衆本」の章、注40参照。H. ビュルクナー、R. ライニック、L. ベヒシュタインらとともに「ドイツ子どものカレンダー」（1847-1858）も出している。

36　エールハルト：Carl Ludwig Adolf Ehrhardt（1813-1899）、ベルリン及びデュッセルドルフの美術学校で学び、ドレスデンの美術学校教授を務めた。祭壇画、歴史画、文学作品のための挿絵を手がけた。

37　ギュル：「歌」の章、注16参照。

38　ホフマン：同章、注17参照。

39　クラウス・グロート：Klaus Johann Groth（1819-1899）、ドイツ北

部の方言としてさげすまれていた低地ドイツ語を深く研究し、その文学的価値を高め、より洗練されたものとした。その最も大きな成果として詩集『クヴィックボルン ―若返りの泉、ディトマルシェン方言の低地ドイツ語の詩に見る民衆生活』（1852）がある。とりわけ1856年の版は O. シュペクターの挿絵が付されて広く普及した。

40 ゲレス：Guido von Görres（1805-1852）、ドイツ民衆本を出版したヨーゼフ・フォン・ゲレス（Joseph von Görres、1776-1848）の息子。ドイツで初めての絵入り児童雑誌「絵と歌による聖俗祝祭カレンダー」（1835-1838）を計15冊刊行したことで知られる。

41 ヨーロッパでは古くから男性でも後ろ髪を編んで垂らしていたが、汎愛主義者たちが活躍していた18世紀後半を最後にしだいに廃れていった。

42 テクラ・フォン・グンペルト：Thekla von Gumpert（1810-1897）、プロイセン政府の医事参事官の娘として生まれ、ドイツ東部の貴族社会で暮らす。後ベルリンに移り住んでからは作家活動に精力を注ぎ、上流社会の若い女性向けの雑誌「令嬢アルバム」（1855-1931）や小さい子どものための雑誌「愛し子の楽しみ」（1856-1933, 1950）を発行した。

43 クリストフ. フォン・シュミート：「歌」の章、注15参照。

44 フランツ・ホフマン：「古典的児童文学作家」の章、注6参照。

45 グスタフ・ニーリッツ：同上、注12参照。

46 フェルディナント・シュミット：同上、注10参照。

47 カール・シュテーバー：Karl Stöber（1796-1865）、神学を専攻し、故郷のパッペンハイム（現バイエルン州）の司祭、学校監督に就く。自ら大衆や子どもの作家と称し、子ども向けの雑誌や年鑑に数多く寄稿した。

48 オッティーリエ・ヴィルダームート：Ottilie Wildermuth（1817-1877）、司法官の家庭に生まれ、高等教育の機会には恵まれなかったものの、英語、フランス語、文学の素養を身につけた。早くから文才を発揮し、とりわけシュヴァーベン地方（ドイツ南西部）の暮らしに根ざした物語で評判を取った。大衆文学と児童文学の分野で多数の作品を書き、19世紀を通じて良く読まれた。

49 イザベラ・ブラウン：Isabella Braun（1815-1886）、貴族の土地管

理人の娘として生まれ、女学校、師範学校で教育を受けた後、クリストフ・フォン・シュミートに導かれて作家活動に入った。19世紀から20世紀初頭にかけて最も良く知られた女性作家であり、児童文学が広く認知されるのに貢献した。読者の多かった子ども向けの雑誌「ユーゲントブレッター」を1855年から三十年間発行した。

50　テレーゼ・メッセラー：Therese Messerer（1824-1907）、バイエルン王国の地籍簿担当官吏の娘として生まれた。始め視力に障害があり、それが彼女の空想力を育んだという。視力が回復してから教育を受け、働きながら子ども向けの著作に勤しんだ。

51　アウグスト・コロッディ：Wilhelm August Corrodi（1826-1885）、ミュンヘンの美術学校に学び、同地の文学者たちと交流しながら歌や小説、自ら挿絵を手がけたメルヘンや物語、劇を書いた。

52　『お使いの女は何を持ってくるでしょう』：ドイツの出版者で、作家のヨーハン・トラウゴット（Johann Traugott Löschke、1820頃-1880頃）が1850年にライプツィヒのヘルマン・フリッチェ社から出版した2巻構成の童謡集。L.リヒターの挿し絵が66葉添えられている。

ロングセラー

　「ああ、ロビンソンよ、本の中の本よ、子どもの心で書き込まれた聖なる書物よ。子どものいるかぎりいつであれ、本当の子どものための聖書よ。私もまた汝を読んだものだ。それにしてもこれこそが、子どもの空想と子どもの心が夜の星あかりのように天と地の間に点々と織り込まれていく聖なるプロセスを表す言葉なのだ。目がすべての行をむさぼり尽くし、未知の世界と自然の奇跡のために、心も、すべての感覚も酔いしれて、前代未聞の運命に我がことのように入り込んで、目の前の光景も音も消え去るのであれば、これこそ読書というものだ。ああ

今なお自分のロビンソンを持てたらどんなによいだろう。」このように、感受性に富むボグミル・ゴルツ[1]はその『子ども時代の本』の中で声を大にして言っています。

確かにゴルツはロビンソンの中に、そして子どもの本の中にあるものを良く理解していました。またそのことを心から感激して言うことができたのです。

デフォーの小説やカンペの改作ほど読まれ、模倣された本が他にあるでしょうか。ロビンソン風の冒険物語には際限がありません。1780年から今日に至るまで子どものために出版されたオリジナルのロビンソンのドイツ語版の数は十分敬意を表するに値します。

同じように長く人気を保つことができた子どもの本はそれほど多くはありません。小さな読者はすぐに別のものをほしがりますし、何世代にも渡って生き延びた本は指で数えるくらいしかありません。

もちろんこの点でグリムのメルヘンや他の時代を越えた作品が例外となることは言うまでもありません。民謡、童謡、民衆本には永続的な価値があります。素朴な物語が幾世代も通じて子どもたちに愛好され続けることができたならば、何かしら良いものがそのような本にはあるのだと喜んでも良いでしょう。カンペ、ハイ、C. フォン・シュミート、その他の人々がそれぞれで守り抜いてきたものには全く問題がありません。けれども忘れてならないのは、小さな人々は大人のように自分の好みのままとはいかず、大人や教師、そして出版社に左右されることです。その内部に秘めている価値以上に長く命脈を保っている作品があるのは、こうした理由から説明がつきます。

その一例が有名な『人形ヴンダーホルト』[2]です。内容が豊

かなわけでもないのに、1839年以降女の子たちには等しく尊重されています。この本は初めにホーゼマン、次いでタールハイム[3]の挿絵を添えて繰り返し出版されています。その本には半世紀以上も前に高価な金の箔押し装丁が施されており、今日でも手に入ります。著しく多くの模倣作品（一部はオリジナルの絵に比べて良いものもありますが、たいていは劣っています）が生まれたことは、子どもにとって魅力あるテーマを元手にすれば、金もうけをすることがいかにたやすいかを証明しています。

　A. シュタインの『52の日曜日』[4]とその続編が人気を博したのはもっと納得がいきます。それらは1846年から60年にかけて出版され、最初の版と同様にホーゼマンの挿絵が付いています。この三人の子どもたちによる日記（作品の構成それ自体は非現実的なのですが、叙述は生き生きとして興味を引かれます）がこれからも長い生命を保ち、これ以上改変されないことを願っています。

　ポッツィ、ラインクなど少し後の児童文学の古典作家たちは揺らぎなく読み続けられるでしょうから、私は心配していません。残念なことに、これらの本はばらばらにしてつまみ食いするためにだけ使われ、本来の意味で変わることなく長命を保っているわけではないのです。ところで、ちょうどロビンソンのように忘れ去られることもなく、向かうところ敵なしの古典性を持った作品が二つあります。それは『もじゃもじゃペーター』[5]、そして『マックスとモーリッツ』[6]です。これらは世界文学に数え入れられており、ここで見過ごすわけにはいきません。絵本についてはもうこれ以上お話しはしませんが、『もじゃもじゃペーター』は絵本をよみがえらせたのです。

Die Vermählung der Puppe.

ホーゼマン 『人形ヴンダーホルトの運命』、1839年
挿絵下欄の言葉は「人形の結婚」の意

　医師、ハインリヒ・ホフマン[7]の不滅の本、これは画家の手
を借りずに作成されたものですが、その最初の版を見ることが
できた人は誰でもびっくりします。著者による絵はもともと現
行のものよりずっと素朴でした。彼は画家ではありませんでし
たが、天才的な頭脳の持ち主で、それだけに自分の文章のため
に書いた彼のスケッチにはいっそう敬意を払わざるをえません。
文と絵、この両者が至る所に入り込み、ごうごうたる非難をも
のともせず勝利を収めたのも不思議ではありません。

165

私はかつての男の子そのままなのです！

　ホフマン、この子どもたちの昔々からの友は、イスを壊し、小鳥を殺したフリードリヒから空飛ぶローベルトに至るまでの男の子の心根を内に持っているのです。

　　風がローベルトをどこへ運んでいくかは
　　もちろん誰にも言うことはできません。

　ドイツ文学の中で『もじゃもじゃペーター』ほど大人と子どもの読者のために模倣され、改作されたものはありません。この本は誕生後間もなくディンゲルシュテット[8]により政治風刺用に一枚絵に利用され、出版元自身も三種類の全く異なった形式の絵を付けて売り出しました。四分の三世紀以上の間途切れることなく膨大な数が販売され、あらゆる文化言語に翻訳されており、同類のものの追随を許しません。

　『もじゃもじゃペーター』とともに全く新しい視点が開かれます。絵本の時代が始まり、これでようやく屋根の上が飾られ、児童文学の建物も堂々たる構えとなって完成します。

　絵本の時代の黄金期は19世紀の半ばまで続きます。たいへん豊かとまではいかないにせよ、それでもなお十分すばらしいものでした。シュパーマー[9]、フェルハーゲン・ウント・クラージング[10]、アルフォンス・デュル[11]といった出版社がその活動を開始し、オスカー・プレッチュ[12]、ユーリウス・ローマイアー[13]といった名前が光り輝いています。プレッチュという名前はもっぱらその絵でだけ知られており、彼のした一番いいこと

Die Geſchichte vom Daumenlutſcher.

„Konrad!" ſprach die Frau Mama,
„Ich geh' aus und du bleibſt da.
Sei hübſch ordentlich und fromm,
Bis nach Haus ich wieder komm'."

「親指しゃぶりのお話」
「コンラート」、とお母様がおっしゃいました。
「出かけるから、お留守番しててね。
帰ってくるまで
きちんと行儀良くしているのよ。」
ホフマンの1845年に出た希少な初版『もじゃもじゃペーター』から、
加工を加えていないホフマン自身による元々の挿絵を再現した。

は一般に知られていません。作家及び雑誌「ドイチェ・ユーゲント」[14]の美術部長として名を挙げられることはほとんどないのです。けれどもユーリウス・ローマイアーの「ドイチェ・ユーゲント」は子どものためのものとして終始最良のものでした。

　残念ながら今日では、あのすばらしい本の中で彼らの最良のものを提供してくれた数多くの作家たちの貴重な贈り物の多くが忘れられてしまっています。ヴィクター・ブリュートゲン[15]についてはかろうじて歌のいくつかは知られていますが、すばらしい物語についてはほとんど知られていません。ハインリヒ・ザイデル[16]はその詩的なメルヘンがわずかながら知られています。陽気なエーミール・フロンメル[17]は全く消えてしまっているようです。ユーリウス・シュトルム[18]は今日ではもう読まれていません。ヨハネス・トローヤン[19]はかつてもっと元気がありましたし、「ドイチェ・ユーゲント」のために書いたボーデンシュテット[20]、ダーン[21]、ガイベル[22]、ゲーロック[23]、クラウス・グロート[24]、メーリケ[25]、シュトルム[26]のことももっと思い出した方がいいでしょう。堂々35巻の出版物となった雑誌の意義をそれにふさわしく強調するには、これら昴のように美しく輝く作家たちの名前を挙げる必要があるのです。そうしないでこの本を終わることはできません。実に多くの、評判も良く、とても優れた比較的最近の人々（その中には私の友人たちもいます）の名前を挙げるのは断念せざるを得ません。こうした人々の多くに『人形ヴンダーホルト』や時代を画する同様の作品を、成功の点でも、長持ちする点でも上回るチャンスがあるのです。

1　ボグミル・ゴルツ：Bogumil Goltz（1801-1870）、プロイセンの官
　吏の子として生まれる。大学で農業経営を学び、父の農場を引き継
　いだが、経営に行き詰まり、作家に転じた。

2　『人形ヴンダーホルト』：アントニー・フォン・コスマル（Antonie
　von Cosmar、1807-1870）がフランスのルイーズ・ドルネ（Louise
　d'Aulnay、1810-1891）作の『人形の思い出』（1839）に倣って書い
　た作品（1839）。

3　タールハイム：Luise Thalheim（1817-1896）、法律顧問官の娘と
　して生まれ、ベルリンとデュッセルドルフで絵を学んだ。作家活動
　もしているが、挿絵画家としての評価が高い。

4　A. シュタインの『52の日曜日』：「躍進」の章、注3、4参照。

5　『もじゃもじゃペーター』：後述ハインリヒ・ホフマン作の絵本。

6　『マックスとモーリッツ』：（1865）、ヴィルヘルム・ブッシュ（Wil-
　helm Wusch、1832-1908）作のいたずら少年を主人公とした絵物語。
　ブッシュは始め機械工学を専攻するが、後に転じてデュッセルドル
　フの美術学校に学んだ。美術、文学、ジャーナリズムの多彩な分野
　で活躍したが、何よりも漫画風の絵に韻を踏んだ二行の文を添えた
　絵物語の作者として今日に至るまで良く知られている。

7　ハインリヒ・ホフマン：Heinrich Hoffmann（1809-1894）、フラン

クフルト・アム・マインの建築監督官の子として生まれ、医師となる。息子のクリスマスプレゼント用に絵本を探したが、ふさわしいものがないことに腹を立て、自ら作成に乗り出す。こうして上述の『もじゃもじゃペーター』が誕生する。精神科医として子どもも担当していたホフマンは子どもの気持ちをつかむ手段として絵を用いており、心得があったのである。

8　ディンゲルシュテット：Franz Freiherr von Dingelstedt（1814-1881）は一枚絵による風刺に優れた手腕を発揮した。詩人、作家としても活動したが、とりわけ演劇監督してミュンヘン、ワイマール、ヴィーンで活躍した。

9　シュパーマー：オットー・シュパーマー出版。ダルムシュタットで1847年に創業。

10　フェルハーゲン・ウント・クラージング：フェルハーゲン社としてビーレフェルトで1833年に創業。二年後に共同経営へ移行し、フェルハーゲン・ウント・クラージング出版となった。

11　アルフォンス・デュル：1854年に主にフランスとイギリスからの輸入書籍販売店としてライプツィヒに開業した。次第に出版業へ業務を拡大し、後に出版専業となった。

12　オスカー・プレッチュ：Oscar Pletsch（1830-1888）、図画教師で版画家の息子として生まれ、ドレスデンの美術学校に学んだ。早くから才能を開花させ、多様なテーマの膨大な作品を残している。

13　ユーリウス・ローマイアー：Julius Lohmeyer（1835-1903）、親から受け継いだ薬局経営の傍ら、風刺漫画雑誌「クラデラダッチュ」に愛国的な詩を発表した。後、同誌の編集者を経て子ども向けの雑誌「ディー・ドイチェ・ユーゲント」（後述）を創刊し、自らも多数の本を執筆した。

14　「ドイチェ・ユーゲント」：前述ユーリウス・ローマイアーが1873年に創刊した子ども向けの雑誌。シュトルムやメーリケなどの作家が寄稿する一方、ドイツ帝国成立期の愛国的熱気を鼓吹する文章を寄せる作家も目についた。当時数多く出版された同種の雑誌の中で教育界の評判も良く、文部当局からも支持された。

15　ヴィクター・ブリュートゲン：「歌」の章、注23参照。

16　ハインリヒ・ザイデル：Heinrich Seidel（1842-1906）、鉄道などで

技師として働く傍ら、文学活動に励んだ。牧歌的な叙情性を湛えた、郷土と自然を大切にする作風で人気を得た。

17　エーミール・フロンメル：Emil Frommel（1828-1896）、学生時代に1848年の三月革命に参加したため一時公的生活から遠ざかったが、その後牧師として精進し、ドイツ統一後の宮廷牧師となった。宗教関係のみならず、大衆向けの作品も著し、敬虔さ、言葉遣い、ユーモアで人気を得た。

18　ユーリウス・シュトルム：「歌」の章、注22参照。

19　ヨハネス・トローヤン：同上、注24参照。

20　ボーデンシュテット：Friedrich von Bodenstedt（1819-1892）、醸造家の息子として、初め商業の道を歩むが、その後短期間大学で外国語の勉強をした後、ロシアへ渡り、貴族の家庭教師や高等学校の教師を務めた。スラブ語の研究に目覚め、ミュンヘン大学でロシア語を教え、多数のロシア語の作品をドイツ語に翻訳するとともに詩人、作家としても活躍した。「ドイチェ・ユーゲント」に寄稿した著名人の一人。

21　ダーン：Felix Dahn（1834-1912）、ベルリンで法律の勉学中に文芸活動に関わり、詩作のみならず小説の分野でも活躍した。法学の分野でも業績を上げ、ヴュルツブルク、ケーニヒスベルク、ブレスラウ大学の教授を歴任した。

22　ガイベル：Emmanuel Geibel（1815-1884）、新教の牧師の子として生まれる。大学を卒業後、家庭教師を経て詩集を公にした。プロイセンに友好的な愛国調の詩により、同国王より終身年金の支給を受け、不安定な身分から解放された。後期ロマン主義の影響を受けた彼の詩は大人にも子どもにも広く受け入れられ、普及した。

23　ゲーロック：Karl Friedrich Gerok（1815-1890）、教会役職者の息子として生まれ、自らも神学を学び、聖職者の道を歩んだ。ギムナジウムの生徒の頃より詩作を始め、その教師であったG. シュヴァープ（「民衆本」の章、注9参照）により認められた。教育的、宗教的な詩人として広く受け入れられた。

24　クラウス・グロート：「黄金時代」の章、注39参照。

25　メーリケ：「民衆本」の章、注35参照。

26　シュトルム：同上、注37参照。

補遺

　児童文学運動の創始者たちが自分たちの作業を雑誌から始めたのは賢い思いつきでした。私は今でも、ギムナジウム[1]の3年生のときに、あるいはもう少し年上になってからも、そのすばらしい「グーター・カメラート」（よき学友）[2]を土曜日毎に本屋に買いに行くのが大変楽しみであったことをはっきりと覚えています。百年前にも「キンダーフロイント」（子どもの友）[3]の予約購読者たちは同じように心躍らせてその小さな、

ずっと慎ましやかな冊子を手に取ったのでしょう。つまり子ど
もの読み物が存続する限り、定期的な雑誌も刊行されたのです。
これらの雑誌には見かけ、内容、趣向にかなりの違いはありま
すが、例外なく共通していたことが一つだけあります。それは
おそろしく陳腐だったのです。

　1830年代までに出たこの種の雑誌はみな、昔懐かしい見かけ
で魅了するものでない限り、古紙回収業者に委ねてしまってか
まいません。とはいえ心安らぐ銅版画や印刷、様々な楽譜の付
録や、ときには少し意外なこっけいさで私たちを楽しませてく
れます。これら大部にわたる著作物が同じ装丁を施され、全巻
揃っていれば、他の全集同様どの収集家にとっても垂涎の的で
す。ただ、大人の書棚に大事にしまい込まれ、めったに読まれ
ることのない古典文学全集よりも、それらを手に入れるのは難
しいのです。

　ロマン主義の時代になると雑誌の内容はいくぶん改善されま
す。けれども見かけで訴えかけてくるものがありません。判型
は大きな四つ折本[4]になり、やがて非常に有名な「イルストリ
ールテ・ユーゲント・ツァイトゥング」（絵入り子ども新聞）
に至っては、片手では到底持てない二つ折[5]になって、愛好家
すべての驚きも頂点に達しました。

　まずまずの実用化の始まりとなったのが「ベルリーナー・キ
ンダー・ヴォッヘンブラット」（ベルリン子ども週刊新聞）で
す。これは1832年から36年まで出版されますが、結局、より小
ぶりの八つ折判[6]となり、ベルリンの子どもの友として定着し
ます。「ベルリン週刊子ども新聞」はその初期にメンツェル[7]
とホーゼマン[8]がイラストで協力したことで愛書家には知られ
ていますが、文章はまだ平凡の域を出ていません。より収集家

に人気が高いのが1840年代にヴィーガント社[9]とブロックハウス社[10]から出た二種類の絵入り子ども新聞です。それらにはルートヴィヒ・リヒター[11]がすばらしいイラストを提供しました。

さらに十年後に私たちは、特に上質にまとめている二種類の月刊誌、ルドルフ・レーベンシュタインの「プク」[12]とその後に続いて出たヒュープナー・トラムスの「グノーム」[13]に出会います。並の水準を越えたこれら二つの定期刊行物の生まれ故郷はベルリンとブレスラウです。レーベンシュタインは「クラデラダッチュ」[14]の創刊者の一人で、「プク」のためにすばらしい児童詩を何篇か提供しました。その一部にはホーゼマンの挿絵が添えられました。「グノーム」のためにはA. ハウン[15]が、とりわけ多色の石版で再現された上質の原画を提供してくれました。この頃になるともう子どもたちが実際に読書を楽しめるように配慮されています。物語、メルヘン、伝説、短い笑い話も目立つ所に出てきています。1863年以降ドレスデンで毎月刊行されたシュティーラーの「キンダーラウベ」[16]（子どものあずまや）も上の二つの競争相手に追いつこうと努力を払っています。傑出したものにはお目にかかれません。ホーゼマンがこの雑誌に提供した絵は、彼の最良のものではありません。

たくさんの新聞・雑誌名、「ユーゲントバザー」[17]（子どものバザー）「ラッハタウベ」[18]（笑い鳩）、「ユーゲントルスト」[19]（子どもの楽しみ）などのようなタイトルを眺めると、ユリウス・ローマイアー[20]の堅実な創造とはかなり隔たっていることがわかります。「ドイチェ・ユーゲント」[21]については以前にその良さに触れたことがありますが、もう一度思い起こしてみるのも悪くないでしょう。これは分冊で順々に受け取るよりも、全巻揃いで購入されることの方が多かった雑誌の一つです。同

じことはイザベラ・ブラウンの「ユーゲントブラット」[22]（子ども新聞）にも当てはまります。この雑誌は1855年にシュトゥットガルトで出版が始まり、およそ20年後にブラウン・ウント・シュナイダー社[23]に移りました。これは絵による飾り付けの芸術性では長い間「ドイチェ・ユーゲント」の水準には及びませんでしたが、文章の点では、ときどきあまりに宗教くさい添え物は別にして、いいものがたくさんあります。ポッツィ[24]、ギュル[25]など有力な画家の協力のおかげで、この見栄えも立派な大八つ折判[26]の雑誌は平均以上の水準にあります。

「ユーゲントフロイント」がタイトルに付いた数多くの月刊雑誌の中でその筆頭に位置するのがフランツ・ホフマンの「ノイエ・ドイチェ・ユーゲントフロイント」[27]（新ドイツ子どもの友）です。この雑誌は1846年に創刊され、40年以上にわたってしっかりと持ちこたえましたが、しだいに内容が薄くなっていきました。特別目立つものを送り出した訳ではありませんが、かなりたっぷり盛り込まれた教訓的なお話の他に、きれいな鋼版画と、ところどころにけっこうできの良い物語が載っています。これと同種のものとして多数の「ユーゲントアルブム」（子どものアルバム）があります。無神経な同工異曲の部厚い雑誌で、新鮮味はあまりありません。

「令嬢アルバム」と「愛し子の愉しみ」は、初期の頃はまずまずの内容でした。とりわけ後者には絵や子どもらしい明るい調子がありました。これらの雑誌は1854年と1856年に創刊されました[28]。その事情についてはこれ以上立ち入らないことにします。両者とも大部分はバックフィッシュ文学[29]の発展の責務を果たすものです。めでたいこと[30]を目指す意欲がこれらの雑誌の存在を許しているかもしれません。パウリーネ・シャン

ツ[31]、マリー・ジーファン[32]、そしてカール・フレーリヒ[33]は「愛し子の愉しみ」の協力者でした。その年鑑が創刊の精神をもっと大切にしていれば、当然その価値が持続したことでしょう。

要するに、子ども向け雑誌についてはあまり良いことが言えないのです。それほど読み物が要求されないカレンダー（年鑑）に関しては、もう少しうまく行っています．そうしたものの中で私たちが出会えるとてもすばらしい出版物の一つが、ローベルト・ライニクの「ユーゲントカレンダー」[34]（子どものカレンダー）です。ここに載っているものよりもすがすがしい歌や優美なメルヘンは、二度と書かれることはありませんでしたし、これらのすばらしい本文にはタッチのすっきりした、着想に富んだ木版画がついていました。それらはあの芸術をたっぷり味わえた時代の最良の挿絵入りの本だけが提示できるものなのです。私が数えてみたら大して厚くもないのに10冊の中に595枚の絵がありました。私たちはそれらの絵を今日から見て賛嘆しますが、あの頃そういったものはたくさん提供されていて目立たなかったのです。

紙面もすっかり変わってしまいました。子どもの本の中のどこに、木版画が残っているのでしょう、銅版画は、エッチングはどこにあると言うのでしょう。

児童雑誌について述べたことは児童演劇にもあてはまります。平凡なものは数知れずありますが、そこを抜け出た傑作はほんの少々です。ヴァイセの「キンダーフロイント」[35]に載せられた劇作品は陳腐なものの頂点として知られています。そしてそのような状況は一般に今日に至るまで続いているのです。実際の上演用として劇や喜劇を書いた中ではフーヴァルト[36]やクレ

トケ[37]がまずまず目立っています。イザベラ・ブラウン[38]もそうです。とはいえ彼女のもっと素朴な物語ほどには劇の血流は勢いよく脈打って流れてはいません。でも一番いいものでも高い水準にないのに、凡庸なものを思い出さなくても良いでしょう。

それよりもっと楽しいのは人形劇です。すべてのものの先頭に立つのはポッツィ[39]です。彼の道化芝居は余人の追随を許しません。今日ではその劇の選集が存在するのみで、全集はまったく手に入りません。とても嘆かわしいことです。

『ケスペルレ』（小さな道化師）という素朴な題名のついた小型本の名をここで一冊あげておきましょう（ある場所で私はその本をたまたま見つけたのですが、そのお話をさせてください。その場所で私は十度も「開け、ごま」と唱えました。やがて呪文はついにあるはずの宝を表に出してくれました）。これよりも値打ちのある宝はアリババにだって手に入らなかったでしょう。姿を現したのは『元気な子どものための人形劇』、愛すべきハインリヒ・イェーデ[40]の本でした。この作品には楽しいリトグラフが十枚収められています。タッチは細やかで、彩りはきれいで、金色も使われています。すばらしく楽しい文章に合わせてそれぞれの絵が空色の台紙に載っています（1852年）。「おやまあ、おばあさん」、と猟師はその女性を悪いオオカミのお腹から引き出したとき言います。「おばあさん。彼女は下着姿ですよ。恥ずかしくはないのでしょうか。」そしてプンフィア姫の美しさは彼女の求婚者を魅了して思わずこう言わせずにはおきません。

彼女を私のものにしなくては。私のものに。何ものにも

じゃまはさせない──

　死神や悪魔と契約してでも。

　この本はとてもよくできていて、楽しい気持ちを広げ、内容の点でも見かけの点でも小さな宝なのです。

　子どもたちの活発に勢いよく動く手で児童文学の様々なジャンルの本が破れるほどめくられてきましたが、ジャンルのすべての名があげられたでしょうか。もしかするとゲームとか、手仕事とか、料理の本を取り上げないのはいけないことなのかもしれません。料理の本には非常に有名なヘンリエッテ・ダヴィーディス[41]を著者とするものがあります。『人形の料理人、アンナ』という名の本は1850年頃に出版されています。かわいらしい版型で、楽しい文章がついています。その本には「花の料理」という章があって、食品を使わない色々な料理が調理されています。ヒナギクは目玉焼きで、穴をうがったカブに入れたオドリコソウの花は泡立てクリーム、レンガの粉はすりつぶしたシナモンになっています。「人形と並んでテーブルの前に腰掛けなさい。そして上手に食べるふりをしなさい。」

　同じ精神が込められた人形の部屋用の実用書に『人形のおかあさん、アンナ』があり、これも同じダヴィーディスの手になるものです。これらささやかなものにはあまり意味はないかもしれませんが、実践的能力が非常に高いと信頼されている料理のアーティストにも、かわいらしい物語やまずまずのできばえの詩がいくつかあることを知っておいても良いのではないでしょうか。ダヴィーディスはこの分野ではテクラ[42]ほど賞賛されませんでしたし、クレメンティーネ[43]ほど洗練されてはいませんでした。それがどうしたというのでしょう。彼女は私が手を

伸ばせばすぐ手に取れる特等席を占めています。彼女のライバルたちの作品には高いはしごを使わなければ届かないのです。

　ちなみにダヴィーディスの二冊の本には偉大なデュッセルドルフの人、J. B. ゾンダーラント[44]のすばらしいリトグラフがついていて愛書家にはうってつけです。ドイツの児童文学の書棚にはまあ何と魅力的なものがあふれていることでしょうか。

1　ギムナジウム：日本の小学校に当たる基礎学校（Grundschule）4年を終えた後入る9年制の中等学校。修了試験（Abitur）に合格すると大学に入学することができる。

2　「グーター・カメラート」：ヴィルヘルム・シュペーマン社（シュトゥットガルト）より発行された男子向け雑誌。1886年に創刊され、第二次世界大戦中から戦後期の中断を挟み、1968年まで発行された。インディアン物語で名を馳せたカール・マイを始めする冒険物語で人気を博した。

3　「キンダーフロイント」：「一年生」の章、注19参照。

4　四つ折本：「黄金時代」の章、注33参照。

5　二つ折：全紙を二つに折った判型。上記四つ折りの二倍、45cm×58cmの大きさ。

6　八つ折判：「目で見る」の章、注3参照。

7　メンツェル：「黄金時代」の章、注11参照。

8　ホーゼマン：「世界文学と古典作家たち」の章、注16参照。

9　ヴィーガント社：「黄金時代」の章、注34参照。

10　ブロックハウス社：Friedrich Arnold Brockhaus（1772-1823）が1805年にアムステルダムに開業した書店を礎とする出版社。1817年以降は拠点をライプツィヒに移し、百科事典を始め幅広い出版事業を展開している。

11　ルートヴィヒ・リヒター：「黄金時代」の章、注13参照。

12　ルドルフ・レーベンシュタインの「プク」："Puck" は1856年から1860年にかけて刊行された学びと遊びの両立を目指した子ども向け月刊誌。レーベンシュタインについては「歌」の章、注20参照。

13　ヒュープナー・トラムスの「グノーム」：上記レーベンシュタインの協力者の一人、Hübner・Trams（経歴不詳）によって1858年から1863年にかけて刊行された。

14　「クラデラダッチュ」：「歌」の章、注20参照。

15　A.ハウン：A. Haun、経歴不詳。

16　シュティーラーの「キンダーラウベ」：女子高等中学校の教師、Heinrich Leopold Stiehler（1829-1913）が1863年から1874年にかけて刊行した子ども向け月刊誌。

17　「ユーゲントバザー」：1865年から1868年にかけてライプツィヒで刊行された。

18　「ラハタウベ」：1865年から1866年の間はトリアーで、1867年から1870年にかけてはベルリンで刊行された。

19　「ユーゲントルスト」：1876年以降ニュルンベルクで刊行され、途中政治状況による中断、あるいは誌名の変更を伴いながら現在まで続いている（現在の誌名は「フロー」）。

20　ユリウス・ローマイアー：「ロングセラー」の章、注13参照。

21　「ドイチェ・ユーゲント」：同上、注14参照。

22　イザベラ・ブラウンの「ユーゲントブラット」：「黄金時代」の章、注49参照。

23　ブラウン・ウント・シュナイダー社：前身の木版美術の出版社を母体として1843年、ミュンヘンに設立された。

24　ポッツィ：「黄金時代」の章、注18参照。

25　ギュル：「歌」の章、注16参照。

26　大八つ折判：「目で見る」の章、注3参照。

27　フランツ・ホフマンの「ノイエ・ドイチェ・ユーゲントフロイント」：「古典的児童文学作家」の章、注6参照。

28　これら二つの雑誌については「黄金時代」の章、注42参照。

29　バックフィッシュ文学：概ね「少女文学」に相当する。思春期前期の、14〜15歳の少女を読者層の中心とする。「バックフィッシュ」は今日では使われなくなった成長途上の女の子を指す言葉。

30　めでたいこと：結婚を指す。バックフィッシュ文学ではおてんばでわがままな娘がやがてしとやかな女性となって結婚するのが通例となっている。

31　パウリーネ・シャンツ：Pauline Schanz（1828-1913）、裕福な書店主の娘に生まれるが、父の破産により職業教育を受け教師となる。作家の Julius Schanz（1828-1902）との結婚後に執筆活動を始めた。娘の Frida Schanz（1859-1944）も児童文学作家となった。

32　マリー・ジーファン：Marie Siephan、経歴不詳。

33　カール・フレーリヒ：Karl Fröhlich（1821-1898）、作家、影絵制作者。独自に身につけた影絵に詩を付した彼の詩集は広く受け入れられた。147頁の影絵参照。

34　ローベルト・ライニクの「ユーゲントカレンダー」：1847年から1858年にかけてライプツィヒのゲオルク・ヴィーガント社から毎年発行された。ライニク（「民衆本」の章、注36参照）は1849年から1952年の間、発行人となった。このカレンダーは19世紀に発行されたカレンダーの中でも一際評価が高い。

35　ヴァイセの「キンダーフロイント」：「一年生」の章、注19参照。

36　フーヴァルト：「世界文学と古典作家たち」の章、注17参照。

37　クレトケ：「歌」の章、注21参照。

38　イザベラ・ブラウン：「黄金時代」の章、注49参照。

39　ポッツィ：同上、注18参照。

40　ハインリヒ・イェーデ：Karl Heinrich Christian Jäde（1815-1873）、ヴァイマールで子どもの本の作家、政治家として活動した。人形劇の本の先駆けとも言える『ケスペルレ』（Käsperle）を19世紀の半ばに出版した。

41　ヘンリエッテ・ダヴィーディス：Henriette Davidis（1801-1876）、

ルール川沿いのヴェンゲルン（現ノルトライン・ヴェストファーレン州）に牧師の娘として生まれる。高等女学校で学んだ後、実習学校（授業と作業を結合させた形態を取る）の教師時代に『役に立つ料理の本』（1850年）を出版し、広く普及した。料理の本の作者としてドイツで最もよく知られている。彼女が女の子のために書いたのが『人形の料理人、アンナ』（1856年）と『人形のおかあさん、アンナ』（1858年）である。

42　テクラ：「黄金時代」の章、注42参照。

43　クレメンティーネ：Clementine Helm（1825-1896）、デーリッチュ（現ザクセン州）に商人の娘として生まれるが、早くに両親を亡くし、おじたちのもとで養育された。上述のバックフィッシュ文学の分野で大きな成功を収め、19世紀後半に最もよく読まれた子どもの本の作家の一人となった。

44　J. B. ゾンダーラント：「黄金時代」の章、注22参照。

結びの言葉

　四世紀にわたって子どもの本の特色を良く表している例を挙げてきました。「小さい文学」にもどれほど多くの注目すべき価値があるかをほんの少しほのめかすことができただけにせよ、この程度で満足することにしましょう。

　本を通じて絵や言葉の持つ優美さに新たに生命を吹き込み、忘却から救い出すことはやりがいがある、と分かっていただけたでしょうか。説明の文章が不十分でも絵や引用例が補ってく

れると良いのですが。私は文筆の人間でもなく、プロの作家でもありませんので、テーマにふさわしくまとめることはできなかったのですが、理解し得た限りで書き進めてきました。けれども子どもの本そのものと向き合うときと全く変わりなく真心を込めて仕事に打ち込み続けました。ですからある人には刺激を、別な人には思い出を、また別な人には私の提供した美しいものにうっとりとして日常を忘れる時間を、といった具合になにがしかのものを提供できたのではないか、と考えています。

　今もなお児童文学ではうれしい、そして大切な出来事が続いています。しかも文章の品揃えが以前に比べておおむね良くなりました。良い子どもの本というのは大人に対しても言うべきものを継続的に持っていなければなりませんし、その内容は一時的に訴えかけるものにとどまってはいけません。そのような種類の絵本や物語の本を尊重し、好きになることをそれほど多くの人が理解している訳ではありません。ですからここまで私の本を読み進めて下さったすべての皆様、子どもの本に花開いている無邪気で楽しい芸術を偏見なく受け入れているすべての皆様には感謝申し上げます。

参考文献

・絵本のタイトルについてはここに記載しない。判型とページ数については必要な場合にのみ提示する。

（訳注：本文と文献表は必ずしも一致しておらず、異同もあるので順序はそのままとして各章ごとに一括して表記する。原文のフラクトゥア（亀の子文字）をローマ字表記に改めるとともに著者名、題名、出版地、出版年の概要を邦訳で示す。正書法が確立する以前の出版物が大半のため、現在の綴り方と若干異なる部分がある。改行を示すスラッシュは文の区切りでない限り省略した。表紙絵・挿絵等についての著者ホブレッカーによる補足については一部を除き訳出していない。）

「一年生」

Ein Besonder fast nützlich stymmen Büchlein mit figuren welche die stymmen an jn selbs anzeygen mit silben vnd namen / In welchem die Gesellen Gehalten vnd ander alt leut auch die kinder weyb vnd mann bald bis in xxiiii (=24) stunden auff das minst leychtlich mögen lernen lesen / Mit eynem gegrüdeten fast schönen Benedicite vnd Gratias zum Tisch die jungen kinder zu lernen durch Jakob Grüßbeutel zu Augspurg, M. D. XXXI. kl. 8^0, 20 Bl. mit 23 Abbildungen. Neu heraugegeben als Zwickauer Faksimiledruck Nr. 15. 1912.

グリュースボイテル、ヤーコブ『老若男女を問わずとても役に立つ速修フィーベル』、アウクスブルク、1531年：ファクシミリ版、ツヴィッカウ、1912年

Teutsche Kinder Tafel.: Anfang in Christenlichen Glaubens vnd Teutscher sprach wie sie die jungen kinder in den teutschen schulen lernen sollen.; L.C.V.C. 1534. Gedruckt zu Nürnberg durch Jobst Gutknecht. Neu herausgegeb. Durch Prof. H. Fechner: ABC=Bücher des 15., 16. u. 17. Jahrhunderts. Nr. 1. Berlin 1906. 8 Blatt ohne Abb.

グートクネヒト、ヨープスト『ドイツ子どもの黒板　キリスト教とドイ

ツ語の入門』、ニュルンベルク、1534年；H. フェヒナーによる再刊、
1906年、ベルリン

Teutsch Reformiertes Namenbüchlein samt den 5 Hauptstücken. Für
die Kinder, welche anfangen zu lernen. Frankfurt a. M. (18. Jahrh.)
Holzdeckel m. kolor. Holzschnitten von Gabler. 8^0, 8 ungez. Seiten.
ガープラー（木版）『改訂ドイツ語フィーベル』、フランクフルト・ア
ム・マイン、（18世紀）

Nachtgedanken über das ABC=Buch von Spiritus Asper, für alle, wel-
che buchstabiren können. Mit Noten u. Holzschnitten. Erstes, 2tes
Bändchen. Leipzig 1809. Mit je 3 Holzschnitttafeln nach Zeichn. v. Meil
(Abb. S. 16, 17.)
アスパー、シュピリトゥス『ABC 読本についての夜更けの考察』、ライ
プツィヒ、1809年（訳注：本文で言及されている本とは異なる）

Der Kinderfreund ein Lesebuch zum Gebrauch in Landschulen von
Friedrich Eberhard von Rochow. Zwey Theyle. Für sechzehn Kreuzer.
Frankfurt a. Main. 1776. 8^0, 144 S.
ロホ、エーベルハルト・フリードリヒ・フォン『読本　子どもの友　地
方の小学校用』、フランクフルト・アム・マイン、1776

Der Brandenburgische Kinderfreund. Ein Lesebuch für Volksscchulen
von F. P. Wilmsen, Prediger an der reformirten Parochialkirche in
Berlin. Berlin（Decker）1802. 6te Aufl. 1810. 15te 1825. 22ste: 1832
ヴィルムゼン、F. P.『ブランデンブルクの子どもの友　小学校用読本』、
ベルリン（デッカー）、1802

Bilder A, B, C, mit einigen Lesübungen, Gedenksprüchen und Gebeten
für Kinder.（Vignette）Stralsund, bey Christian Lorenz Struck. 1788
シュトルック、クリスティアン・ローレンツ『図解 ABC 読本　読み方
練習問題・格言・お祈り付き』、シュトラールズント、1788年

Joh. Amos Comenii. Orbis Sensualium pictus hoc est: Omnium princi-
palium in mundo rerum, & in vita actionum Pictura & Nomenclatura.
Die sichtbare Welt. Das ist: Aller vornehmsten Weltdinge und mensch-
lichen Handlungen. Abbildung und Benahmung. Nürnberg 1658
コメニウス、ヨハネス　アモス『世界図絵』、ニュルンベルク、1658年

「目で見る」

(J. B. Basedow.) Des Elementarwerkes 1., 2., 3., 4. Band. Ein geordneter Vorrath aller nöthigen Erkenntniß. Zum Unterricht der Jugend, von Anfang, bis ins academische Alter. Zur Belehrung der Eltern, Schullehrer und Hofmeister. Zum Nutzen eines jeden Lesers, die Erkenntnis zu vervollkommnen. In Verbindung mit einer Stammung von Kupferstichen. Dessau 1774. Abb. S. 28, 29.

バーゼドー、J. B. 『初等教育』全4巻、デッサウ、1774年

Bilder=Akademie für Jugend. In 54 Kupfertafeln und zweyen Bänden Erklärung hrsg. v. J. S. Stoy, Prof. d. Pädagogik in Nürnberg. Nürnberg 1784.

シュトイ、J. S. 『少年少女のための絵によるアカデミー』、ニュルンベルク、1784年

Lehrreiche Bildliche Darstellungen für den ersten Unterricht der Kinder in 24 kolor. Kupfertafeln (von P. E. Geißler). Leipzig, Tauchnitz, um 1830. 88 Abb. in handkol. Federzeichn. Vgl. auch S.33, 34, 35.

ガイスラー、P. E. 『授業の第一歩　教訓に富むカラー図版付』、ライプツィヒ、1830年頃

Neuester Orbis Pictus oder Schauplatz der Natur und Kunst. Universal=Bilderlexikon mit erklärendem Text und einer Nomenkratur in fünf Sprachen. Zur belehrenden und erheiternden Unterhaltung für Jung und Alt herausgegeben von Dr. phil. Huld Becher und J. E. Schneemann, Redakteur der deutschen Jugendzeitung. Meissen (Goedsche) 1843. Lex. 8^0, reich verziertes Titelblatt, 41 kol. Tafeln mit 1000 z. T. sehr humoristischen Abbildungen. Das hübscheste aller mir bekannt gewordenen Bücher dieser Art.

ベッヒャー、フルト並びにシュネーマン、J. E. 『最新世界図絵あるいは自然と芸術の舞台』、マイセン、1843年

「楽しい教科書」

Zucht der Kinder zu tüsch vnd anderßwa wol zu merken. MDXXI Gedruckt zu Augsburg. 2 Bl. 4^0. Neudruck hrsg. v. Dr. ph. M. Geyer. Altenburg 1832.

ガイヤー、M.『食卓とその他の場所でのしつけ』、アルテンブルク、1832年（1521年のアウクスブルク版による）

Neuer Orbis Pictus für die Jugend oder Schauplatz der Natur, der Kunst und des Menschenlebens in 322 lith. Abbildungen mit genauer Erklärung in deutscher, lateinischer und französ. Sprache nach der früheren Anlage des Comenius bearb. u. dem jetzigen Zeitbedürfnisse gemäß eingerichtet von J. E. Gailer. Stuttgart 1833. gr. 8^0, 586 S. Abb. S. 33, 34, 35.

ガイラー、J. E.『少年少女のための世界図絵あるいは自然、芸術と人間生活の舞台』シュトゥットガルト、1833年

Der höfliche Schüler. 3te Auflage, mit 15 Bildern verziert. Carlsruhe 1835

『礼儀正しい生徒』、カールスルーエ、1835年

Geographie in Versen zur Uebung des Gedächtnisses der lieben Jugend als zweckmäßigstes Mittel zum schnellen Erlernen und Behalten des wichtigsten aus der Geographie. Von Kathinka Zitz. Leipzig 1850.

カーティンカ・ツィッツ『韻文による地理学』、ライプツィヒ、1850年

Naturgeschichte für Kinder von Georg Christian Raff. Mit elf Kupfer=Tafeln. Göttingen, bei Joh. Christ. Dieterich, 1778. Kupfer v. F. H. L. Waagen Abb. S. 37

ラフ、ゲオルク・クリスティアン『子どものための自然史』、ゲッティンゲン、1778年

「娯楽読み物の先駆者たち」

Die erneuerten Esopischen Fabeln nebst den hierzu geeigneten Lehren und Sittensprüchen zusammengetragen zum wahren Nutzen und unterhaltenenden Vergnügungen. München 1831. (Abb. S. 42)

『新おもしろくてためになるイソップ寓話』、ミュンヘン、1831年

Esopus Gantz New gemacht und in Reimen gefaßt. Mit sampt hundert newer Fabeln vormals im Druck nicht gesehen noch außgangen durch Burcardum Waldis Anno MDXLVIII. (Frankfurt a. M.) 8^0. 8

Bl. 392 S. Bester Neudruck von H. Kurz. Leipzig 1862（Deutsche Bibliothek.）

クルツ、H.『新編　韻文イソップ寓話』、フランクフルト・アム・マイン、1862年

Froschmeuseler, Der Frösch und Meuse wunderbars Hoffhaltunge. Der Fröhlichen auch zur Weißheit und Regimenten erzogenen Jugend zur anmutigen aber sehr nützlichen Leer aus den alten Poeten und Reymdichtern und insonderheit aus der Naturkündiger von vieler zahmer und wilder Thiere Natur und Eigenschaft bericht. In dreyen Büchern auffs newe mit vleißbeschrieben und zuvor im Druck nie außgangen. Gedruckt zu Magdeburg durch Andreas Gehn im Jahr MDXCV 8^0. 750 S.（Abb. S. 46）

ゲーン、アンドレアス『カエル・ネズミ戦争　カエルとネズミの不思議な宮廷』、マクデブルク、1595年

Neue Acerra Philologica oder gründliche Nachrichten aus der Philologie und den Römischen u. Griechischen Antiquitäten darinn die schwersten Stellen aller Auclorum classicorum der Studirenden Jugend zum besten in einer angenehmen Erzehlung kürzlich und gründlich erkläret werden. Halle A. MDCCXV. Zu finden in der Rengerischen Buchhandlung. 6 Theile mit 6 Kupfern. 8^0, 958 S.

ボイゼン、ペーター・アドルフ『新しい知識の宝箱　古典古代から現代までの学問の詳解』、ハレ、1715年

M. Johan Peter Millers historischmoralische Schilderungen zur Bildung eines edlen Herzens in der Jugend. 5 Theile. Helmstädt 1753-64

ミラー、M. ヨーハン・ペーター『若き高貴な心のための歴史・倫理物語』、ヘルムシュテット、1753-64年

Großes chinesisches Schattenspiel des Deutschen Jugendkalenders, hrsg. v. L. Bechstein u. H. Würkner, Leipzig 1854.

ベヒシュタイン、L. 並びにヴュルクナー、H.『ドイツ子ども年鑑』の「中国影絵芝居」、ライプツィヒ、1854年

「民衆本」

G. R. Widmann: 3 Theile der Warhafftigen Historien von den grewlichen und abschewlichen Sünden und Lastern auch von vielen wunderbarlichen und seltzamen ebentheuren: So D. Johannes Faustus Ein weitberuffener Schwartzkünstler vnd Ertzzäuberer durch seine Schwartzkunst biß an seinen erschrecklichen end hat getrieben. Hamburg 1599. Neudruck: herg. von H. Düntzer, in der Collektion Spemann, Berlin (Nr. 77)

ヴィートマン、G.R.『ファウスト博士の物語』、ハンブルク、1599年

Buch der schönsten Geschichten und Sagen. Für Alt u. Jung wiedererzählt von Gustav Schwab. 1. 2. Theil. Stuttgart, Liesching, 1836 u. 1837. Der 2te Band mit einem Kupfer von Fellner. 2. Auflage. ebenda, 1843. 2 Bände mit je 2 Kupfern. Erweiterte Ausgabe mit d. Untertitel: Die deutschen Volksbücher. (3. Aufl. 1847, ebenda, gleich der 2ten). 4. Aufl. siehe zu S.112

シュヴァープ、グスタフ『すばらしい物語と伝説』、全2巻、シュトゥットガルト、1836-1837　増補版　1847年

Reineke der Fuchs. Für die Jugend (metrisch) bearbeitet. Mit 10 Kupfern. Leipzig, Volkmar (1836). — (Zweite Ausg.) Für die gebildete Jugd. bearb. 2te, mit 12 neuen Kupfern (Steindrucken!) verschönerte Aufl. Ebenda (1838?) —Dritte Aufl. m. Bildern v. L. Richter, siehe zu S. 109

Weitere besonders hübsche Ausgaben:

Reineke Fuchs. Für die Jugend bearbeitet (Prosa). Mit Holzschnitten. Berlin, Enslin (1837) m. 8 Holzschn. auf einz. Tafeln, Titelvignette u. reich illustr. Umschlag.

Die Geschichte von Reineke dem Fuchs. Für die Jugend neu bearbeitet von Franz Hoffmann. Mit 24 Bildern (Steinradierung). Dresden 1846.

Reineke Fuchs. Erzählt für Alt u. Jung von Ferdinand Schmidt. Mit 64 Illustrationen von G. Bartsch. Berlin 1856 (Mohr). Titel rot u. schwarz gedruckt mit einrahmenden Verzierungen. 8 Tafeln u. 56 vorzügliche

Holzschnitte im Text.

Reineke Fuchs. Für die Jugend neu bearb. von Karl Seifart. Mit 8 colorirten Bildern nach Zeichnungen von Konrad Weigand. Stuttg. u. Leipz., O. Risch (1874). Enthält als einziges mit bekanntes Buch Steindrucke mit 3 facher Tonplatte, die von braun durch fleischrot in grau übergeht.

『キツネのライネケ（韻文）』、ライプツィヒ、1836年

上記以外のきれいなライネケ本としては以下のものがある。

『キツネのライネケ（散文）』、ベルリン、1837年

『キツネのライネケ物語』、ドレスデン、1846年

『キツネのライネケ』、フェルディナント・シュミット編、ベルリン、1856年

『キツネのライネケ』、カール・ザイファルト編、シュトゥットガルト及びライプツィヒ、1874年

Das Fabelbuch für die Kindheit und Jugend. Von J. A. C. Löhr. Mit 12 Kupfern. Leipzig (Cnobloch) 1816. Handkol. Kupfer v. Rosmäsler.

レール、J. A. C.『子どものための寓話集』ライプツィヒ、1816年

Des Braminen Pilpai Weisheit der Indier in Fabeln. Zur Unterhaltung und Belehrung der Jugend aus gebildeteren Ständen. Bearbeitet von F. A. L. Matthaei, Pastor. Mit 4 Kupfern v. H. Ramberg. Hannover, Helwing (1826). Gestochenes Titelbl. u. 4. kol. Kupfer.

マテウス、F. A. L.『バラモン　ピルパイのインド人の知恵　寓話集』、ハノーファー、1826年

Neues Fabel-, Sitten- und Bilderbuch zur angenehmen u. belehrenden Unterhaltung für die Jugend von J. G. Salzmann. Mit 16 Kupfern. München u. Leipzig (1836)

ザルツマン、J. G.『楽しい子どものための寓話と道徳』、ミュンヘン及びライプツィヒ、1836年

Einhundert neue Fabeln mit 50 Bildern für die Jugend. Von Friedrich Hoffmann. Mit 50 Abbildungen. (Handkololirte Steinradirung.) Stuttgart, Hoffmann. 1840

ホフマン、フリードリヒ『子どものための百の寓話集』、シュトゥット

ガルト、1840年

Neueste Fabeln u. Bilder für die Jugend von Friedrich Hoffmann. Mit 50 Abbildungen. Stuttg., Chelius. 1850. (Seitenstück zu obigem.)

ホフマン、フリードリヒ『子どものための最新寓話と絵画』、シュトゥットガルト、1850年（上記と対をなす作品）

Lieder u. Fabeln für die Jugend. Mit Holzschnitten nach Originalzeichnungen von J. Kirchhoff, geschnitten in der xylograph. Anstalt von Ed. Kretzschmar. Leipzig (um 1843). Titelblatt mit Tonunterdruck, zus. 24 feine Holzschnitte.

『子どものための歌と寓話』、ライプツィヒ、1843年頃

Centria Aenigmatum selectorum Das ist: hundert auserlesene Räthzel welche nebst derselben Auflösungen, Erklährungen und nützlichen Moralibus Zum Gebrauch der studirenden Jugend, und zur Ergetzlichkeit anderer Liebhaber, theils selbst verfertiget, theils aus sinnreichen Auctoribus zusammen getragen Johann Christoph Ludwig, Gymnasii Nordhus. Collega. Frankfurt u. Leipzig, 1749

ルートヴィヒ、ヨーハン・クリストフ『よりすぐりのなぞなぞ百題』、フランクフルト及びライプツィヒ、1749年

Der kleine Oedipus. Ein Kranz von Biderräthseln und Sprüchwörtern, der Jugend zur Übung im Nachdenken, Erweckung des Scharfsinns und zur Belehrung in faßlichen Versen und kleinen Erzählungen gewidmet von Heinrich Eduard Maukisch. Mit 12 kolorirten Kupfertafeln. Nürnberg 1837. 80 Miniatur- u. 24 größere Darstellungen, Handkolorit.

ハインリヒ・エドゥアルト『小さいエジプス、なぞなぞと格言』、ニュルンベルク、1837年

Das deutsche Rätselbuch. Gesammelt von Karl Simrock. Zweite Auflage. Frankfurt a. M. Verlag v. Chr. Winter. Gedruckt in diesem Jahr (1856). Mit Umschlagbild u. einem Holzschnitt von F. Pocci. Die erste Aufl. (1850) war nicht ausdrücklich für Kinder bestimmt und ohne die Illustrationen.

ジムロック、カール『ドイツのなぞなぞ』、フランクフルト・アム・マ

イン、1856年（第2版、1850年の初版には子ども向けとは明示されず、挿絵もなかった）

Kinder- und Hausmärchen. Gesammelt durch die Brüder Grimm. 1. 2. Band. Berlin 1812 u. 14. 8^0 XXVIII, 388, LXX S. u. XVI, 298, LI S.

グリム兄弟『子どもと家庭のメルヘン』、ベルリン、1812年及び14年

Titania, oder moralische Feenmärchen für Kinder. Hrsg. v. M. W. Gottschalck. Mit illuminirten Kupfern. Berlin, Amelang (1821). Beispiel eines hochromantischen Märchenbuches. Verzierter Pappband, schön gestochens Titelblatt, sieben märchenhaft bunte Kupfer und ein schauerlicher Text.

ゴットシャルク、M. W.『ティターニア、あるいは子どものための道徳的な妖精メルヘン』、ベルリン、1821年

Bunte Bilder aus der Feen- u. Märchenwelt der Tausend und Einen Nacht. Zur angenehmen Unterhaltung und Erweckung des Geistes für fleißige Kinder bearbeitet von Albert Ludwig Grimm. Mit 5 sauber colorirten Kupfern. Grimma, Gebhardt (1834). Feine Kupfer von J. H. Ramberg, gute Übersetzung.

グリム、アルバート・ルートヴィヒ『カラー版　千夜一夜物語の妖精とメルヘンの世界』、グリンマ、1834年

Deutsches Märchenbuch. Herausgegeben von Ludwig Bechstein. Mit 10 Stahlstichen (von Schurig u. Brennhäuser) Leipzig 1846. Seltener als Bechsteins Märchen mit den Bildern L. Richters, und mit z. Tl. anderem Inhalt.

ベヒシュタイン、ルートヴィヒ『ドイツのメルヘン』、ライプツィヒ、1846年

「歌」

Dichtungen aus der Kinderwelt. Altherkömmliche Lieder, Erzählungen, Lehren u. Singspiele für Kinder von neuem herausgegeben. Hamburg 1815. Titelabb. S. 59.

『新編　子どもの世界の文学　古来より伝えられた歌、物語、教え、歌遊び』、ハンブルク、1815年

Das deutsche Kinderbuch. Altherkömmliche Reime, Lieder, Erzählungen, Übungen, Räthsel und Scherze für Kinder gesammelt von Karl Simrock. Frankfurt. a. M. Gedruckt in diesem Jahr（1848). Die vollständigste Ausgabe dieser vortrefflichen Sammlung, mit einem sehr lebendigen Vorwort von A. Corrodi, ist die 3te v. 1879

ジムロック、カール『ドイツの子どもの本　古来より伝えられた歌、物語、稽古、なぞなぞ、笑い話』、フランクフルト・アム・マイン、1848年

Alte und neue Kinder Lieder. Mit Bildern und Singweisen. Herausgegeben von F. Pocci und K. v. Raumer: Verl. v. Gust. Meyer in Leipzig（1852). Berühmtes Buch. Umschl. u. 48 Holzschn. v. Pocci.

ポッツィ、F. 及びラウマー、K. v.『昔と今の子どもの歌』、ライプツィヒ、1852年

Gebete und Lieder für Kinder von M. Christoph Christian Sturm（Vignette）Schafhausen 1783.

『子どものためのお祈りと歌』、シャーフハウゼン、1783年

Sturm: Vollständiges Gesangbuch für Kinder von reiferem Alter. Halle 1777.

シュトゥルム『完本　年かさの子どものための歌』、ハレ、1777年

Frizchens Lieder. Herausgegeben von Christian Adolph Overbeck（Vignette）. Hamburg（Bohn）1781. Kl. 8^0. 142 S.

オヴァーベック、クリスティアン・アドルフ『フリッツヒェンの歌』、ハンブルク、1781年

Christian Felix Weiße'ns Lieder und Fabeln für Kinder und junge Leute. Nach des Verfassers Wunsche gesammelt u. herausgegeben von M. S. G. Frisch. Mit einem Kupfer. Leipzig, 1807 bei Siegfr. Leberecht Crusius.

ヴァイセ、クリスティアン・フェーリックス（フリッシュ、M. S. G. 協力）『ヴァイセの子どもと若人のための歌と寓話』、ライプツィヒ、1807年

Kinderlieder von Hoffmann von Fallersleben. Erste vollständige Aus-

gabe besorgt durch Dr. L. von Donop, Berlin 1877. Die hier vereinig-
ten Lieder erschienen unter verschiedenen ähnlichen Titeln von 1827
bis 1860

ドノプ、L. フォン編『ホフマン・フォン・ファラースレーベンの童謡』、
ベルリン、1877年（この本にまとめられるまで1827年から1860年の間、
類似のタイトルでいくつも刊行された）

Kindergarten. Gedichte von Rudolph Löwenstein. Zeichnungen von Ro-
bert Kretschmer. Berlin 1846. mit 8 Steindrucken. Die 2. Aufl. mit 40
Holzschn. v. Th. Hosemann erschien 1864 als Bilderbuch und erlebte
in dieser Form zahlreiche Auflagen.

レーベンシュタイン、ルドルフ（歌）、クレッチマー（絵）『子どもの
庭』、ベルリン、1846年（1864年からホーゼマンの絵が加わって絵本と
して刊行され、版を重ねた）

Reinick: vgl. S. 130, Jungendkalender. Die Gesamtausgaben der Lieder
von Kletke, Sturm, Blüthgen, Trojan sind nach 1880 in wenig anspre-
chender Form erschienen.

ライニク編『子ども年鑑』、ライプツィヒ、1847-53年

「新しい児童文学の創造」

Der Kinderfreund. Ein Wochenblatt. (Hrsg. v. Chr. Fel. Weiße.) Leip-
zig. 1775-82, 24 Teile. Briefwechsel der Familie des Kinderfreudes.
Leipzig. 12 Teile. 1784-92.

ヴァイセ、Chr. Fel.「子どもの友」（週刊）、ライプツィヒ、1775-82年

Joseph Schwarzmantel. Ein Unterhaltungsbuch für die Jugend. Mit ei-
nem Kupfer. Schnepfenthal 1810.

ザルツマン、クリスティアン・ゴットヒルフ『ヨーゼフ・シュバルツマ
ンテル　楽しい子どものための本』、シュネプフェンタール、1810年

Campe, Joachim Heinrich. Sämmtliche Kinder- u. Jugendschriften. Ge-
sammtausgabe der letzten Hand. Braunschweig, in der Schulbuch-
handlung 1806. 1. Abeze und Lesebuch. 2.-7. Kinderbibliothek. 8. See-
lenlehre für Kinder. 9. Sittenbüchlein für Kinder. 10. 11. Robinson der
Jüngere. 12. bis 14. Die Entdeckung von Amerika. 15. Geschichtliches

Bilderbüchlein, oder die älteste Weltgeschichte in Bildern und Versen. 16. Klugheitslehren für Jünglinge. 17.-28. Erste Sammlung merkwürdiger Reisebeschreibungen. 29.-35. Neue Sammlung merkwürdiger Reisebeschreibungen.

カンペ、ヨアヒム・ハインリヒ『最終版　児童著作全集』、ブラウンシュヴァイク、1806年（この全集には初等読本、子ども用読み物、児童心理、道徳、ロビンソンに類する漂流物語、アメリカその他新奇な旅行報告等が収載されている）

ABC und Lesebuch für die Franke'schen Stiftungen. Halle 1825.

『フランケ財団のためのフィーベル』、ハレ、1825年

Das Leben Jesu für Kinder. Von Jakob Friedrich Feddersen. Magdeburg 1777.

フェッデルゼン、ヤーコプ・フリードリヒ『子ども用　イエスの生涯』、マクデブルク、1777年

Rosaliens Vermächtnis an ihre Tochter Amanda; oder Worte einer guten Mutter an den Geist ud das Herz ihrer Tochter. Ein Bildungsbuch für Deutschlands Töchter von Jakob Glatz. Leipzig 1808. Mit 3 hübschen Kupfern.

グラーツ、ヤーコプ『ロザーリエから娘アマンダへの死後の贈り物、あるいは娘の心に宛てたよき母の言葉』、ライプツィヒ、1808年

Jugend und Tugend der Kinder auf dem Schlosse Rosenthal. Zum Nachstreben für gute Kinder in Erzählungen geschildert von Pastor H. Müller. Mit 6 ill. Kupfern. Leipzig（1825）

ミュラー、H.『ローゼンタール城の子どもたちの青春と修養』、ライプツィヒ、1825年

Wilhelm und Elfriede, oder die glücklichen Tage der Kindheit. Ein nützliches u. unterhaltendes Lesebuch für gute Kinder, die eben so wohl Unterhaltung, als Belehrung suchen, von Amalia Schoppe, geb. Weise. Leipig（Taubert）1829. Mit 1 Titelvignette（verwendet auf dem Deckel unseres Buches）und 5 blattgroßen Kupfern.

ショッペ、アマーリエ『ヴィルヘルムとエルフリーデ、あるいは子ども時代の幸せな日々』、ライプツィヒ、1829年

Hundert kleine Geschichten. Das allerliebste Buch für gute kleine Kinder. Zur Erweckung des Gemüths und Bildung des Verstandes. Für Schule und Haus. Von Amalia Schoppe, geb Weise. Mit 50 kolorirten Abbildungen. Berlin 1836.（Besonders reizoll ausgestattet.）
ショッペ、アマーリエ『100の小さいお話』、ベルリン、1836年

「世界文学と古典作家たち」

（Don Quixote）Lustige Kinderbibliothek ein Abendgeschenk für solche Kinder, welche am Tage fleißig und gut waren. Erstes Bändchen. Marburg 1787.
『ドン・キホーテ』、「楽しい子ども文庫　昼間にしっかりよい子にしていた子どもたちのための夕べの贈り物」第 1 巻、マールブルク、1787年

（Gil Blas）Bibliothek für die erwachsene Jugend zur angenehmen Unterhaltung und Belehrung. 1. Bändchen.（Almanach für Junglinge auf das Jahr 1802）enthaltend Gil Blas Leben u. Abentheuer im Auszuge. Mit 4 Kupfern. Berlin 1802 bei Friedrich Maurer.
『ジル・ブラース』、「年かさの子どもたちが楽しみ、学ぶための図書室」第 1 巻、ベルリン、1802年

Novellen des J. Boccaccio aus dessen Decameron ausgewählt, mit Anmerkungen u. einem Wörterverzeichnis für die Italiänisch lernende Jugend. Hannover 1815.
『ボッカチオの「デカメロン」によるお話　イタリア語を学ぶ子どもたちのための注と語彙つき』、ハノーファー、1815年

Joachimi Heinrici Campe Robinson secundus. Tironum causa latine vertit atque indicem latinitatis adjiciendum curavit Philippus Julius Lieberkühn. Zullichoviae 1785. 8^0. 15 Bl. 324 S. 3 Bl.
（フィリップス・ユーリウス・リーバーキューンのラテン語訳によるカンペの『新ロビンソン物語』、ズリコウィアエ、1785年）

Robinson Crusoe. Von Daniel de Foe. Nach Böttgers deutscher Bearbeitung neu erzählt von O. L. H.（Heubner）. Mit 111 Holzschn.（von H.Bürkner）1855?
デフォー、ダニエル『ロビンソン・クルーソー』、（ベットガー翻案、ホ

イプナー文）、ライプツィヒ、1855年？

Robinson der Jüngere von Joach. Heinr. Campe. Für das Volk und die Jugend neu bearbeitet von W. O. von Horn（W. Oertel）Altenburg, Geibel（1868）mit 4 Stahlstichen. Eine spätere Aufl. enthält noch 35 sehr gute Holzschnitte. Vgl. ferner S. 109, L. Richter.

カンペ、ヨアヒム・ハインリヒ『新ロビンソン物語』、アルテンブルク、1868年

Adolf Freiherr von Knigge über den Umgang mit Menschen. Im Ausgabe für die Jugend mit einer durchgängigen Beispielsammlung. von J. G. Gruber. 1. Teil. Leipzig 1801. 2. Teil. Enthält die pragmatische Anthropologie. Leipz. 1803.

グルーバー、J. G.（クニッゲ男爵の『交際術』に基づく）『子どものための礼儀作法』、ライプツィヒ、第1部　1801年、第2部　1803年

Moralische Kinderklapper für Kinder und Nichtkinder von J. C. Musaeus. Gotha 1788（ohne Kupfer）. 3 Aufl. m. 16 Kupfern v. Schubert. Gotha 1823. Abbbildung, S.68

ムゼーウス、J.C.『子どもと子どもでない人のための道徳用がらがらおもちゃ』、ゴータ、1823年

Palmblätter oder erlesene morgenländische Erzählungen.（Von J. G. Herder u. A. J. Liebeskind.）Jena 1786-88. 2. Aufl. mit 12 Kupfern. Berlin 1831. Neue Ausgabe mit 12 Bildern von Th. Hosemann. Berlin 1857.（Die Schönste.）

ヘルダー、J. G. 及びリーベスキント、A. J.『パルムブレッター』、イェナ、1786-88年

Reise des Capitain Lemuel Gulliver nach dem Lande der kleinen Lilliputier. Mit 16 illuminirten Kupfern geschmückt. Leipzig（1830）. Baumgärtner. Quer 16^0, 40 S.

スイフト、ジョナサン『ガリバー旅行記』、ライプツィヒ、1830年

Buch für Kinder gebildeter Stände von Ernst von Houwald. 1.-3. Bdchn. Mit 15 Kupfern von H. Ramberg. Näke und Fuger, gestochen von Böhm, Fleischmann & Schwerdtgeburth. Leipzig. Göschen, 1820-

24.

フーヴァルト、エルンスト・フォン『教養階級の子どものための本』全3巻、ライプツィヒ、1820-24年

Geschichtchen für meine Söhne von A. v. Kotzebue. Erstes (einziges) Bändchen. Stuttgart u. Tübingen, Cotta 1812.

コッツェブー、A. v.『我が息子たちのための物語』、シュトゥットガルト及びテュービンゲン、1812年

Biblische Geschichten. Für die Jugend bearbeitet von Dr. J. P. Hebel. 1. 2. Bändchen. Stuttg. u. Tübingen (Cotta) 1824.

ヘーベル、J. P.『聖書物語』、シュトゥットガルト及びテュービンゲン、1824年

Schatzkästlein des rheinischen Hausfreundes von J. P. Hebel. Die schönste Ausgabe: Stuttgart, Cotta, mit 60 Holzschnitten von Schmolze und Stauber. 1846

ヘーベル、J. P.『ライン地方の家庭の友の宝の小箱』、シュトゥットガルト、1846年

Die Feyerabende in Mainau. Von Friedrich Jakobs. 1. 2. Theil. Leipzig 1820.

ヤコプス、フリードリヒ『マイナウの休暇』二部構成、ライプツィヒ、1820年

Kleine Erzählungen des alten Pfarrers von Mainau. Ein Buch zur Unterhaltung der Jugend. Nebst einem Vorwort für erwachsene Leser. Herausgegeben von Friedrich Jakobs. Leipzig (Dyk) 1833.

ヤコプス、フリードリヒ『マイナウの老牧師の小話　子どもの楽しみのために』、ライプツィヒ、1833年

Kleine Plaudereien für Kinder welche sich im Lesen üben wollen von J. A. C. Löhr. Pastor in der Altenburg vor Merseburg. Frankfurt a. M. 1. 2. 3. Bdchn. 1800 bis 1809.

レール、J. A. C.『自分で読み方を学ぼうとする子どものための小さな物語集』全3巻、フランクフルト・アム・マイン、1800-09年

「見た目」

Das Huhn und seine Küchlein. Ein fabelhaft lustiges und erbauliches Bilderbüchlein in Knittelversen und Reimen für Kinder von Karl Blumauer. Mit 16 illum. Bildern. Gotha 1832. 8^0, VIII, 106 S. 1 Bl. Abb. S. 86.

ブルーマウアー、カール『ニワトリとキッチン　おもしろくてためになる寓話絵本』、ゴータ、1832年

Blumengewinde in Vater Rosenfelds Lieblingslaube, oder Unterhaltungen über Gegenstände aus dem Natur-, Kunst- und Menschenleben; ein neues und lehrreiches ABC und Lesebuch von M. A. B. Reichenbach. Mit 25 fein gestochenen und prächtig illuminirten Kupfern. Leipzig, Taubert (1830).

ライヘンバッハ、A. B.『ローゼンフェルトお父さんお気に入りのあずまやを飾る花づな』、ライプツィヒ、1830年

Bilder der Jugend, Unschuld und Tugend, zum Vergnügen und zur Belehrung für das Kindheitsalter der Knaben und der Mädchen abwechselnd u. nach alphabet. Ordnung dargestellt von Heinrich Müller, Prediger. Eigene und nicht abgeschriebene Arbeit. Mit 49 cololirten Bildern. Leipzig (1831). Gestochenes u. kolor. Titelblatt, u. 12 kol. Tafeln mit je 4 Darstellungen von P. C. Geißler. Umschlagdecken u. Rücken in Kupfer sestochen, Mitte colorirt, Umrahmung schwarz.

ミュラー、ハインリヒ『子どもの絵姿、無垢と徳』、ライプツィヒ、1831年

Unterhaltende Geschichte der Madame Kickebusch und ihres Hundes Azor. Mit 16 kolor. Kupfern. Leipz. (1830). Abb. S. 90. Auch mit französ. Text: Aventures plaisantes de Madame Gaudichon et de son chien. Mit kurzen erklärenden Noten zum Übersetzen für Kinder, ebda 1834

『マダム・キッケブッシュと飼い犬アーゾルの楽しいお話』、ライプツィヒ、1830年

Der kluge Quökelhahn. Eine schöne Geschichte in Versen, in sechs Büchern, mit (12) Bildern (Holzschn.). Von Johann Jeremias Kummer. Nebst einem orthographischen Anhange. Erfurt 1829. Eigenthum des

Verfassers. 2. Aufl. mit 13 (illuminirten) Bildern. Erfurt 1833. 3. Aufl. mit 24 Bildern in farbigem Holzschnitt u. Handkolorit. ebda. 1837. 4. Aufl. mit 4 kolor. Steindrucken. ebda. 1851. 5. verb. Aufl. Mit 12 Bildern in Farbendruck nach Zeichn. v. Gustav Süs, Erfurt. Fr. Bartholomäus. 1881. 6. Aufl. mit veränderten Bildern, ebenda. 1882. 7. Aufl mit veränderten Bildern, ebenda. 1884. Abb. S.134.

クンマー、ヨハネス・イェレミアス『時を告げる賢いおんどり』、エルフルト、1829年

Der Affe in guter Laune oder der eifrige Barbier: Scherzhafte Erzählung mit 16 kol. Kupfern. Leipzig 1835.

『陽気なおさるさん、あるいは熱心な床屋さん』、ライプツィヒ、1835年
　93頁

Erstes Lesebuch für evangel. Schulen. Mit vielen Bildern. Güns, 1846. Beispiel eines besonders reizvoll ausgestatteten Lesebuches der neueren Zeit. Abb. S.93

『福音派の学校のためのフィーベル』、ギュンス、1846年

「古典的児童文学作家」

Gesammelte Schriften des Verfassers der Ostereier, Christoph von Schmid. Originalausgabe von letzter Hand. 1. bis 18. Bändchen. Augsburg, Wolff. 1841. 2. unveränd. Aufl. 1858. mit 18 Stahlstichen.

シュミート、クリストフ・フォン『復活祭の卵の著者の全集』、アウクスブルク、1841年

Geschichtenbuch für die Kinderstube. Kleine moralische Erzählungen für Kinder von 5-8 Jahren. Von Franz Hoffmann. 2. Aufl. mit vielen neuen Abbildungen. Stuttgart 1850. M. 16 Steindrucken.

ホフマン、フランツ『子ども部屋用のお話　道徳物語集　5～8歳用』、シュトゥットガルト、1850年

Nieritz, Die Schwanen-Jungrau. Belehrende Sage der Vorzeit. Für die Jugend erzählt. Berlin, Vereinsbuchhandlg. (Gubitz) 1833. Erste Jugendschrift N.'s.

ニーリッツ『白鳥の乙女　子どものための昔の教訓的説話』、ベルリン、

1833年

Nieritz, Die Pilger und der Lindwurm, oder die Erfindung des Schieß-pulvers. Ein Festgeschenk für die Jugend u. deren Freunde. Nebst vier, von dem Verfasser selbst auf Stein gezeichenten Bildern. Berlin, Vereinsbuchhdlg. 1839.

ニーリッツ『巡礼と竜、あるいは火薬の発明』、ベルリン、1839年

Nieritz, Gutenberg und seine Erfindung. Eine Erzählung über Sprache, Schrift u. Buchdruckerkunst. Für Jung u. Alt dargestellt. Mit e. illum. Kupfer. Leipzig, Wöller (1840). Hübsches Titelbild in Handkolorit von unkolorirten Darstellungen u. Ranken umrahmt (vgl. S. 89, Mitte).

ニーリッツ『グーテンベルクと彼の発明　言葉、文字、印刷術のお話』、ライプツィヒ、1840年

Nieritz, Die Pauken-Doktor, Die Brüder und der Exorcismusstreit. Drei Erzählungen für die erwachsene Jugend. Mit vielen Holzschnit-ten. Lpz. G. Wigand. Der 1. Teil m. Original-Holzschn. von Bürkner, für den 3ten wurden solche L. Richter's aus dem ungefähr gleichzeitig erschienenen Landprediger von Wakefield benutzt.

ニーリッツ『パウケンドクター　兄弟と悪魔払い　年かさの子どもたちのための三つのお話』、ライプツィヒ

Nieritz, Der Findling, oder: Die Schule des Lebens. Eine nützliche u. unterhaltende Erzählg. f. d. Jugend. Leipz. Mayer &. Wigand, 1844. Mit schönem Titelbild (Stahlstich) v. Schurig.

ニーリッツ『捨て子、あるいは人生の学校　子どものためのおもしろくてためになるお話』、ライプツィヒ、1844年

Nieritz, Der Canarienvogel. Eine Erzählg. f. d. Jugd. u. deren Freunde. Besondere Ausgabe mit vier kolorirten Bildern von Th. Hosemann. Leipz., G. Mayer 1852.

ニーリッツ『カナリヤ鳥　子どもと子どもの友のためのお話』、ライプツィヒ、1852

Atzerodt, Kleine Geschichten und Gespräche für Kinder. Mit 22 col. Tafeln. Quedlinburg u. Leipzig 1830. S: Abb. S. 99.

アツェロート『子どものための短いお話と対話』、クヴェドリンブルク

及びライプツィヒ、1830年

「躍進」

Eine Auswahl von Hosemann-Büchern. Dielitz, Germania. Deutschlands wichtigste Ereignisse u. das Leben seiner berühmten Männer in Erzählungen für die Jugend dargestellt. Mit 8 illum. Bildern. 1835.

ホーゼマンの本から、ディーリッツ『ゲルマニア　ドイツの最も重要なできごとと有名な人たちの人生』、1835年

A. Hillert, Novellen für die reifere weibl. Jugend. Mit 6 schw. Bildern. 1838.

ヒラート、A.『年かさの少女のための物語集』、1838年

Dielitz, Lebensbilder. (Erstes Bändchen dieser Art, Naturschilderungen, Jagden u. Abenteuer.) Mit 8 illum. Bild. 1840.

ディーリッツ『人生模様　自然、狩猟、冒険』、1840年

Holting, G. Der kleine Däumling. mit 16 illum. Federzeichn. 1841. (Hieraus die Abbildungen. auf S. 102 u. 103.)

ホルティング、G.『親指小僧』、1841年

Arndt, Märchen u. Jugenderinnerungen. Mit 6 lith. Federzeichn. Berlin, Reimer. 1843.

アルント『メルヘンと子ども時代の思い出』ベルリン、1843年

Marcett, Land und Wasser. Mit 6 kol. Bildern. 1845.

マルツェット『陸と海』、1845年

Stein, A. 50 Kinderbriefe. Mit 9 kol. Bildern. 1845.

シュタイン、A.『50通の子どもの手紙』、1845年

Dielitz, Völkergemälde u. Landschaftsbilder. Mit 8 kol. Bild. 1846.

ディーリッツ『絵で見るさまざまな民族と風景』、1846年

Fürstenhaupt, Der Mücken- u. Ameisenkrieg, eine komisch-epische Fabel des 16. Jahrhunderts in drei Gesängen, als ein unterhalt. u. belehr. Festgeschenk für die Jugd. neu erzählt (nach dem ältesten Druck v. 1580). Mit 12 kol. Federz. Berlin Stuhr. 1846. Von bezaubernder Eigenart!

フュルステンハウプト『カとアリの戦争』ベルリン、1846年

Rosalie Koch. Iduna. Erzähl. u. Märchen. Mit 9. kol. Bild. 1846.

コッホ、ロザーリエ『イドゥーナ　物語とメルヘン』、1846年

Tante Amanda, Der kleine Flieder. Erzähl., Märch. u. Lieder. Mit 8 kol. Bild. 1847.

アマンダ、タンテ『小さなライラックの木　物語とメルヘンと歌』、ベルリン、1848年

Der kleine Tierfreund. Zur Belehrg. u. Aufmunt. d. Jugend hrsg. v. d. Verein gegen Tierquälerei zu Berlin. Berlin, Hahn. 1848. Mit 20 Holzschnitten.

ベルリン動物愛護協会『動物の小さな友だち』、ベルリン、1848年

Freudenfeld u. Sauer, Das Buch der Kindheit. Lieder, Fabeln, Erzähl. Mit 8 kol. Bild. 1853.

フロイデンフェルト及びザウアー『子ども時代の本　歌と寓話と物語』、1853年

A. Moritz, Großvaters Erzählungen. Mit 7 kol. Bild. 1853.

モーリッツ、A.『おじいさんの物語』、1853年

Marie Osten, Glühwürmchen. Erzähl. f. artige kl. Kinder. Mit 9 kol. Bild. 1859.

オステン、マリー『ホタル　行儀のよい子どものための物語』、1859年

A. Strodtmann, Das Wunderbuch. Heroensagen des griechischen Altertums in modernem Gewande. Mit 8 kol. Federzeichn. 1862. Eine humoristische Darstellung der Götter- u. Heldengeschichten.

シュトロートマン、A.『不思議な本　現代風・古代ギリシアの英雄伝説』、1862年

Gehring, W., Lust und Scherz. Jugendalbum erzählender Dichtungen humoristischen Inhalts. Mit 8 kol. Bildern. 1867.

ゲーリング、W.『娯楽と冗談　子どものための愉快な物語集』、1867年

Filhes u. Ebeling, Bienen. Erzähl., Lustpiele, Gedichte u. Skizzen. Mit 8 kol. Bild. 1870.

フィルヘス及びエーベリング『ミツバチ　詩と劇と物語』、1870年

F. Wiedemann, Schulfrühling. Mit 8 kol. Bild. Dresden, Meinhold. 1871.

ヴィーデマン、F.『学校の春』、ドレスデン、1871年

Derselbe, Für Kopf u. Herz. Mit 4 Bunddruckbild. v. Th. Hosemann u. zahlr. Holzschn. v. L. Richter u. and. Leipzig, Germann. 1872. (Die beiden obigen sind Großoktav-Bücher, mit gutem Text, als Beispiele außerhalb Berlins erschienener Hosemann-Kunst.)

ヴィーデマン、F.『頭と心』、ライプツィヒ、1872年

Stein, A. Kinderbriefe. 2. Aufl. mit 9 neuen kol. Bildern. 1872.

シュタイン、A.『子どもの手紙』、1872年

Stein, A. Geschichten für Kinder von 10–12 Jahren. Mit 9 kol. Bild. 1873.

シュタイン、A.『10歳から12歳の子どものための物語』、1873年

Koch, Rosalie. Die Kinderzeit. Erzählungen mit den letzten Illusrationen vom Professor Hosemann. 1876.

(Vgl. auch S. 82, Palmblätter; S. 98, Nieritz, Der Canarienvogel; S. 110, Kletke, Kinderfreund und Andersens Märchen; S. 120, Puppe Wunderhold und 52 Sonntage. Die obigen 27 Bändchen charakterisieren alle ähnlichen Zeiterscheinungen vollständig. Sämtliche Bücher ohne Angabe des Verlags: bei Winkelmann u. Söhne, Berlin.)

コッホ、ロザーリエ『子ども時代』、ベルリン、1876年

Zu Goldmaria u. Pechmaria. Ludwig Bechsteins Märchenbuch, illustrirt v. Ludwig Richter. Leipz. 1853 und in vielen späteren Auflagen.

「黄金のマリアとコールタールのマリア」（『ルードヴィヒ・ベヒシュタインのメルヘン』）、ライプツィヒ、1853年

Aus Wald und Bergen. Märchen für die Jugend von Franz Sträßle. Stuttg. Wilh. Nitzschke. 1859. 8^0. Pappbd., weiße Deckel mit Reliefprägung in Gold, Kamin und Grün. Titelbild, Titelblatt u. 5 Steindrucke mit Schablonenkolorit, dazu ein Widmungsblatt in Gold, Karmin, Blau, Orange u. Grün geprägt. (Das Bändchen wurde später mit grauem Packpapier überzogen und bekam ein neues lithgr. Deckelbild.)

『森と山から』（フランツ・シュレースレの子どものためのメルヘン）、シュトゥットガルト、1859年

Im grünen Wald. Bilder aus der Natur von Isabella Braun. Gebr. Scheitlin. 1856. Deckelzeichn. u. 7 blattgroße Federz. in lith. Farbendruck u. Handkolorit.

ブラウン、イザベラ『緑の森で　自然の絵』、1856年

Interessante Erzählungen für die Jugend und das reifere Alter. Gesammelt u. bearbeitet von G. Bauer. Mit 4 Bildern. Stuttg. Schmidt und Spring (1864). Bund überzogener Pappband mit Rosen u. Vergißmeinnicht, die vier Steindrucke in schablonenkolorirter Kreidezeichnung.

バウアー、G.『子どものためのおもしろいお話』、シュトゥットガルト、1864年

「黄金時代」

Vacuna. Erzählungen für Freistunden, vorzüglich der Jugend. Von A. F. E. Langbein. Berlin 1826 (Amelang). M. 4 Kupfern v. H. Ramberg.

ラングバイン、A. F. E.『ヴァクーナ　自由時間のためのお話』、ベルリン、1826年

Fastnachtsbüchlein für Jung u. Alt. Herausgegeben von Friedrich Raßmann. Hamm 1826. Mit einem Titelkupfer von H. Ramberg.

ラスマン、フリードリヒ『大人と子どものためのカーニバルの本』、ハム、1826年

Jungendunterhaltungen von G. P. L. Leonhardt Wächter. Hamburg bey Aug. Campe 1827. Titelbild u. Titeblattt in Zeichng. von O. Speckter.

ヴェヒター、G. P. L. レオンハルト『子どもの楽しみ』、ハンブルク、1827年

(Hey, Wilh.) Fünfzig Fabeln für Kinder. In Bildern gezeichnet von Otto Speckter. Mit einem ernsthaften Anhange. Mit 2 Deckelzeichnungen u. 50 Bildern in Steindruck. Hamburg, Perthes, 1833.

ハイ、ヴィルヘルム『子どものための50の寓話』、ベルリン、1833年

Emilie Feige. Der kleine Gesellschafter für freundliche Knaben u. Mädchen von 5 -10 Jahren. Berlin, 1836. Verl. v. G. Gropius. Mit 30 Federzeichn. in Steindruck von Ad. Menzel.

ファイゲ、エミーリエ『5歳から10歳の少年少女のためのお話友だち』、ベルリン、1836年

Naturgeschichtliches Fabelbuch von August Gehring. Mit Bildern, entworfen und auf Stein gezeichnet von Carl Ens. Nebst einem Anhange. Berlin 1843 (Reimer). Mit 50 schönen Steindrucken. Getreues Abbild der Hey-Fabeln, auch in den mit Bild u. Text ausgestatteten Deckeln, den Versen, u. dem frommen Anhang—aber sehr gut!

ゲーリング、アウグスト『自然史寓話』、ベルリン、1843年

Vom Hausmäuschen und Feldmäuschen in Stadtschlößchen und Landhäuschen. Breslau (Trewendt) 1870? Text von A. Harnisch, mit 13 Holzschn. v. O. Speckter. Umschlag und Titel rot u. schwarz gedruckt, jede Seite rot eingefaßt.

ハーニッシェ、A.『家ねずみと野ネズミ　都会と田舎で』、ブレスラウ、1870年？

Deutscher Jugendkalender. Mit Geschichten u. Liedern v. Berth. Auerbach, Herm. Kurtz, R. Reinick u. a. u. mit Holzschn. nach Zeichnungen von Lorenz Frölich, H. Bürkner, L. Richter, Th. v. Oer, E. Hasse u. a. Dresdener Künstlern. Leipzig, G. Wigand. 1847-55, 1858. (Vgl. S. 130)

アウエルバッハ、B.、クルツ、H.、ライニク、R.編『ドイツ子どもカレンダー　物語と歌』、ライプツィヒ、1847-55年, 1858年

ABC-Buch für kleine und große Kinder, gezeichnet von Dresdener Künstlern. Mit Erzählungen u. Liedern von Robert Reinick und Singweisen v. Ferd. Hiller. Leipzig, Georg Wigand. 1845.

『子どものための ABC の本』、ライプツィヒ、1845年

Georg Scherers illustriertes Deutsches Kinderbuch. Alte u. neue Lieder, Märchen, Fabeln, Sprüche u. Räthsel. Mit Radierungen u. Holzschnitten nach Zeichnungen v. P. v. Cornelius, Wilh. v. Kaulbach, E. Neureuther, O. Pletsch, Franz Pocci, Ludw. Richter, Moritz v. Schwind u. a. Stuttgart, Georg Scherer. 1863. (1. Aul. unt. d. Titel: Alte u. neue Kinderlieder, Leipzig 1849-53.)

シェーラー、ゲオルク『絵入りドイツの子どもの本　昔と今の歌、メルヘン、寓話、格言、なぞなぞ』、シュトゥットガルト、1863年

Robinson der Jüngere. Ein Lesebuch für Kinder von Joachim Heinrich Campe. 1. 2. Theil. Vierzigste rechtmäßige Auflage. Braunschweig

(Vieweg u. Sohn) 1848. (Erste von L. R. mit 48 Holzschn. illustr. Ausgabe.)

カンペ、ヨアヒム・ハインリヒ『新ロビンソン物語』、ブラウンシュヴァイク、1848年第40版改訂版

Die schwarze Tante. Märchen u. Geschichten für Kinder. Mit Holzschn. nach Ludwig Richter. Leipzig 1848. Georg Wigand.

『黒いおばさん　子どものためのメルヘンと物語』、ライプツィヒ、1848年

Ludwig Bechsteins Märchenbuch. Mit 174 Holzschn. nach Orig.-Zeichn. v. Ludwig Richter. 12te Auflage. Erste illustrierte Ausgabe. Leipzig, Georg Wigand. 1853. 2te illustr. Ausg. ebenda. 1857. Mit 190 Holzschn.

ベヒシュタイン、ルートヴィヒ『メルヘンの本』、ライプツィヒ、1853年

Märchen und Geschichten eines Großvaters von Georg Keil, Leipzig. Verl. von Otto Wigand 1847. 8^{0}. 4 Bl. 184 S. mit 10 Holzschn. nach Ludwig Richter u. 3 Holzschn. nach J. Kirchhoff.

カイル、ゲオルク『おじいさんのメルヘンと物語』、ライプツィヒ、1848年

Knecht Ruprecht, auch St. Niclas oder Pelzmärtel genannt. Eine Weihnachtszeitung von Johann Traugott (Löschke) mit Bildern v. Ludwig Richter u. anderen u. mit Singweisen. Nebst einem Beiblatte: der Christmarkt. Leipzig, J. T. Löschke. 1852, 53, 54.

レシュケ、ヨーハン・トラウゴット『従者ルーブレヒト』、ライプツィヒ、1852、53、54年

Reineke der Fuchs. Für die gebildete Jugend bearbeitet. Dritte verbesserte Auflage. Mit neuen Kupfern (Steindrucken) verschönert, nach Zeichnungen von Professor L. Richter in Dresden. Leipzig bei Friedr. Volkmar. (1840.) 11 Steindrucke. Desgl. Neue Aufl. mit Holzschnitten. Leipzig, Renger. (1843.) 12 Holzschnitte.

『キツネのライネケ』、ライプツィヒ、1840年第三版改訂版

Neue Fabeln v. K. F. W. Wander. Mit 17 Bildern v. Prof. L. Richter,

Leipz. O. Wigand. 1846.

ヴァンダー、K. F. W.『新寓話集』、ライプツィヒ、1846年

Volksmärchen aus der Bretagne. Für die Jugend bearb. v. Heinr. Bode. Mit Bildern v. Prof. Richter u. T. Johannot. Leipzig, O. Wigand. 1847.

ボーデ、H. 編『ブルターニュの民衆メルヘン』、ライプツィヒ、1847年

Voer de Goern. Kinderreime alt u. neu von Klaus Groth. Mit 52 Holz-schn. u. Orig.-Zeichn. v. Ludw. Richter. Leipz. Georg Wigand. 1858.

グロート、クラウス『子どもの歌』、ライプツィヒ、1858年

Bilder und Reime, Reime u. Bilder für Kinder von Wilh. Hey. Neue Ausg. mit 31 Holzschnitten. Leipz. 1859, später Stuttgart.

ハイ、W.『子どものための絵と歌』、ライプツィヒ、1859年

Es war einmal. Ein Bilderbuch von Dresdener Künstlern. Dresden, J. H. Richter. Mit 41 Holzschn. 1862.（Vgl. auch Nieritz, Die hl. 3 Könige zu S. 111.)

『昔々』（ドレスデンの画家たちによる絵本）、ドレスデン、1862年

Der neue Kinderfreund. Hrsg. v. Hermann Kletke. 1. Teil, mit 10 lith. Federz. v. Theod. Hosemann. Berlin 1843. II. Teil. M. 10 Zeichn. v. L. Richter u. vielen Vignetten. Berlin 1845. Gr. 8^0.

クレトケ、ヘルマン『新しい子どもの友』、ベルリン、1843年

H. C. Andersen's Märchen. Aus dem Dänischen übertragen von Jul. Reuscher. 2te verm. u. verb. Aufl. Ill. v. Theod. Hosemann, Graf Pocci, Ludwig Richter u. Raymond de Baux. Verlegt von M. Simion in Berlin. 1851.

アンデルセン、H. C.『メルヘン』、ベルリン、1851年

Deutsche Fabeln des XVIII. und XIX. Jahrhunderts. Herausgegeben von H. Kletke. Mit 4 Stahlstichen（Radierrungen）von O. Speckter. Berlin, Klemann.（1841.)

クレトケ、H.『18世紀と19世紀のドイツの寓話』、ベルリン、1841年

Das Märchen vom gestiefelten Kater in den Bearbaitungen von Stra-parola, Basile, Perrault u. Ludw. Tiek. Mit 12 Radierungen von Otto Speckter. Leipz. Brockhaus.（1843.)

『長靴をはいた雄ネコ』、ライプツィヒ、1843年

Märchen von F. W. Hackländer. Mit 6 Original-Stahlstichen（-Radierungen）von J. B. Zwecker, Stuttgart, Ad. Krabbe. 1843.

ハックレンダー、F.W.『メルヘン』、シュトゥットガルト、1843年

Der Pilgerzug nach Mekka. Morgenländische Sagen und Erzählungen von F. W. Hackländer. Mit 6 Stahlstichen nach Orig.-Zeichn. v. Jul. Schnorr. 2te Aufl. Stuttg., Krabbe.（1850?）Die erste Aufl.（1847）nicht für Kinder.

ハックレンダー、F.W.『メッカ巡礼　オリエントの伝説と物語』、シュトゥットガルト、1850年？

Märchen für Söhne u. Töchter gebildeter Stände von Wilhelm Hauff. 6. Aufl. m. 6 Radierungen von J. B. Sonderland（erste dieser Art）. Stuttg. 1842.

ハウフ、ヴィルヘルム『教養層の子女のためのメルヘン』、シュトゥットガルト、1842年第6版

Neue Mährchen von H. C. Andersen. 1. Bd. Aus d. Dänischen von Dr. Le Petit. 2te Aufl. m. 8 Bildern v. Otto Speckter. Hamburg, Kittler. 1848. 2. Band. Aus d. Dänischen von H. Zeise. Mit 6 Bildern v. O. Speckter, ebenda. 1846.（Die 1. Aufl. von Bd. 1 enthält keine Bilder von Speckter.）

アンデルセン、H. C.『新しいメルヘン』、ハンブルク、第1巻第2版、1848年、第2巻、1846年

Alb. Ludw. Grimm, Kindermärchen. Mit 7 Or.-Radirungen von. F. Pocci. Heiderlberg 1839. frühe, eigenartige Blätter des im Holzschnitt u. namentl. in Farben lustiger wirkenden Künstlers.

グリム、A. L.『子どものメルヘン』、ハイデルベルク、1839年

Gustav Nieritz, Die heiligen drei Könige. Leipz. 1846. Mit 1 Titelbild von L. Richter, das zwar nicht als eigenhändige Radirung gilt, aber ansprechender ist, als die ebenso seltenen Pocci's.

ニーリッツ、グスタフ『東方の三博士』、ライプツィヒ1848年

Was du willst. Ein Büchlein für Kinder von Franz Pocci. München, Braun u. Schneider（1853）. 8^0. 205 S. 1 Bl.

ポッツィ、F.『君が望むもの　子どものための本』、ミュンヘン、1853

年

Jugend-Album, mit artist. Beiträgen v. Dieffenbach Mintrop, Scheuren, Schrödter, Sonderland, Camphausen u. a. unter literar. Mitwirkg. von Bechstein, Müller v. Königswinter, Simrock u. a. redigirt von N. Hocker. 1.-4. Jahrg. Düsseldorf 1856-59. 4^0 mit vielen kolor. Tafeln.

ホッカー、N. 編『子どものアルバム』、デュッセルドルフ、1856-59年

Märchen und Sagen für Jung und Alt. Original-Erzählungen（von Bechstein, Colshorn, Herchenbach, Leop. Schefer u. a.）mit Illustrationen von Beck, Camphausen, Fay, Fickentscher, Scheuren, Schroedter, Sonderland, Süs, Vautier u. a. 1. 2. Bd. Düsseldorf, Arnz u. C.（1856）. Gr. 4^0

『子どもと大人のためのメルヘンと伝説』、2巻、デュッセルドルフ、1859年

Neue Naturgeschichte der Stubenvögel. ein Lehrgedicht von Bechstein dem Jüngeren. Hannover 1846.

ベヒシュタイン2世『新・室内で飼う鳥の自然史』、ハノーファー、1846年

Zweihundert deutsche Männer in Bildnissen und Lebensbeschreibungen. Herausgegeben von Ludwig Bechstein. Leipzig, Georg Wigand 1854. Gr. 4^0, 209 unbez. Bl.

ベヒシュタイン、ルートヴィヒ編『二百人のドイツ人たち　絵と伝記』、ライプツィヒ、1854年

Deutsches Sagenbuch von Ludwig Bechstein. Mit sechzehn Holzschnittten nach Zeichnungen von A. Ehrhardt. Leipzig. Verlag v. Georg Wigand. 1853. Lex. 8^0, 814（!）S.

ベヒシュタイン、ルートヴィヒ『ドイツの伝説』、ライプツィヒ、1853年

Schwab, Gust. Die deutschen Volksbücher für Jung u. Alt wieder erzählt. Vierte Aufl., mit 180 Illustrationen nach Zeichnungen von Wilh. Camphausen, Ant. Dietrich, Ad. Ehrhardt, Theod. Große, Jos. Manes, Theob. v. Oër, Oskar Pletsch u. Emi Sachse in Holzschnitt ausgeführt durch Hugo Bürckner. Stuttg. 1859.（Die erste Auflage dieser Art, den von L. Richter illustrierten Bechstein-Märchen zu vergleichen.)

シュヴァーブ、グスタフ『子どもと大人のためのドイツ民衆本』、シュトゥットガルト、1859年

Deutsches Hausbuch. Herausgegeben von Guido Görres. 2 Bde. München 1846 u. 1847. kl. Folio, je VIII u. 184 S. Mit Beiträgen von Brentano, Eichendorff, Freiligrath, Görres, Novalis, Schenkendorff u. a. sowie mit Holzschnitten nach Kaspar Braun, W. v. Kaulbach, F. Graf Pocci, Steinle u. a.

ゲレス、グイドー『ドイツの家庭の本』、2巻、ミュンヘン、1846年、1847年

Ferner: Schön Röslein. Ein Mährchen erzählt von Guido Görres, gezeichnet von Franz Graf von Pocci. München (1837). Mit 68 Holzschn. u. 10 Vignetten.

ゲレス、グイドー及びポッツィ、フランツ『きれいなバラ』、ミュンヘン、1837年

Stöber, Karl. Waldblumen. Erzählungen für Jung u. Alt. Illustrirt von R. Geißler. Glogau, Flemming 1860. M. Umschlag u. 5 getönten Kreidelithogr. (die Gesamtausg. seiner Erzählungen, Dresden 1841, später Leipzig, mit Bildern von Ludwig Richter, ist nicht eigentlich für Kinder geschaffen worden.)

シュテーバー、カール『森の花々』、グローガウ、1860年

Ottilie Wildermut: Erzählungen u. Märchen für die Jugend. Mit 4 kol. Bildern Stuttg. (Scheitlin) 1855. Das erste eigene Buch der Verfasserin. Dies so gut, wie die in rascher Folge bei Krabbe, später bei Kröner in Stuttgart erschinenen anderen gehören mit ihrer hübschen Ausstattung und den guten Stahlstichen von Kolb, Offterdinger, Rothbart, Jul. Schnorr u. Wagenmann zu den besten Jugendschriften (S. 106). Titel: Aus der Kinderwelt 1856. Kindergruß 1859. Aus Schloß u. Hütte 1862. Jugendgabe 1864. Für Freistunden 1868. Aus Nord u. Süd 1874. Erzähl. u. Märch. erschien 1862 in 2ter Aufl. unter dem Titel; Von Berg u Thal.

ヴィルダームート、オッティーリエ『子どものための物語とメルヘン』、

シュトゥットガルト、1855年

Corrodi, August. Schloß Waldegg u. seine Bewohner. Ein Sommerferienbuch für die Jugend. Mit 8 col. Bildern (Steindrucken vom Verfasser) Stuttg. Schnitt u. Spring. 1860. M. buntem Deckel: Das Waldschloß.

コロディ、アウグスト『ヴァルデッグ城と住んでいる人々　子どものための夏休みの本』、シュトゥットガルト、1860年

「ロングセラー」

Bilderbüchlein. Ein Neujahrsgeschenk für gute und fromme Kinder. Stuttgart, Ebner (1816). 18^0, 98 S.

『絵本　行儀のよい、信心深い子どものための新年の贈り物』、シュトゥットガルト、1816年

Schicksale der Puppe Wunderhold. Zur Unterhaltung für kleine Mädchen von A. Cosmar. Berlin. F. H. Morin (1839). Mit 6 Federzeichnungen von Theod. Hosemann u. zahlr. Vignetten. 2.-9. Aul. mit 8 kolor. Lith. v. L. Thalheim. Berlin, Plahn. 1865-1888. 10.-22. Aul. u. folg. m. 6 Farbendruckbildern von W. Claudius. Stuttgart 1897 u. f.

コスマー、A. 『人形ヴンダーホルトの運命』、ベルリン、1839年

Zweiundfünfzig Sonntage oder Tagebuch dreier Kinder. Von A. Stein. (Margarete Wulff.) Mit 9 illum. Bildern (von Th. Hosemann). Berlin, Winckelmann u. Söhne 1846.

シュタイン、A.（ヴルフ、マルガレーテ）『52の日曜日、あるいは三人の子どもの日記』、ベルリン、1846年

Deutsche Jugend. Illustrirte Monatshefte. Unter Mitwirkung von Fr. Bodenstedt, Isab. Braun, V. Blüthgen, F. Dahn, Th. Fontane, E. Frommel, E. Geibel, C. Gerok, Cl. Groth, Fr. Güll, Hoffmann-Fallersleben, H. Kletke, H. Kurz, Rud. Löwenstein, Ed. Mörike, G.Pfarrius. R. Reinick, O. Roquette, G. Scherer, H. Seidel, K. Simrock, J. Stieler, Th. Storm, Jul. Sturm, Alb. Traeger, Joh. Trojan, O. Wildermuth, Jul. Wolff und anderen herausgegeben von Jul. Lohmeyer. Mit Holzschnitten nach Original-Zeichnungen von H. Bürkner, L. Burger, W. Camphausen, F.

Flinzer, Wold. Friedrich, Jos. Ritter v. Führich, K. u. J. Gehrts, R. Geißler, R. Hammer, Alb. Hendschel, H. Lüders, C. Offterdinger, Fr. Preller, Ludw. Richter, Ferd. Rothbart, P. Thumann, Herm. Vogel, A. v. Werner, Al. Zick u. a. unter künstlerischer Leitung von Oskar Pletsch. Leipzig, Alph. Dürr. 1873 u. f.

ローマイヤー、ユリウス編「ドイチェ・ユーゲント」、ライプツィヒ、1873年〜

「補遺」

Das Berliner Kinderwochenblatt. Berlin, Verl. v. G. Gropius. 1832-1835 gr. 4^0, 52 Hefte mit je einer Steindrucktafel. 1836 8^0, ohne Bilder (letzter Jahrg.) ging über in den Berliner Jugendfreund.

「ベルリーナー・キンダー・ヴォヘンブラット」、ベルリン、1832-1836年

Puck. Ernst, Scherz und sinnige Spiele der Jugend. Unter Mitwirkung von Hübner-Trams u. a. Hrsg. v. R. Löwenstein. Mit Orig.-Zeichn. v. Th. Hosemann, A. Haun, R. de Baux u. a. acht Spielbeilagen u. vielen in d. Text gedr. Holzschn. Berlin 1856. O. Janke. (1. Jahrg.)

「プク　本気とユーモアと頓知」、ベルリン、1856年

Der Gnom. Ernst, Scherz und sinnige Spiele. Herausgegeb. v. Hübner-Trams. Berlin, O. Janke. 1859, 61, 63. Später Breslau, Trewendt.

『グノーム　本気と冗談と頓知』、ベルリン、後にブレスラウ、1859、61、63年

Die Kinderlaube. Illustr. Jugendzeitung in Monatsheften mit Erzählungen, Märchen, Schilderungen, Lebensbeschr., Gedichten u. a. Für den Familienkreis bearb. v. Heinr. Stieler. Unter Mitredaktion v. C. Meinhold u. Söhne. Dresden (1863) 4^0.

「キンダーラウベ」、ドレスデン、1863年

Jugendblätter für christliche Unterhaltung u. Belehrung. (Später: Zur Unterhaltg. u. Belehrg.) Unter Mitwirkung von mehreren Jugendfreunden herausgegeben von Isabella Braun. Stuttg. (Scheitlin) 1855. (Später München, Braun u. Schneider.)

ブラウン、イザベラ「子どものためのキリスト教の楽しみと教訓」（後に「楽しみと教訓」に改題）シュトゥットガルト、1855年

Der neue deutsche Jugendfreund. Zeitschrift für Unterhaltg. u. Veredlung d. Jugd., herausg. v. Franz Hoffmann.（Erster）Jahrg., Stuttg., Schmidt u. Spring. 1846.

ホフマン、フランツ「ノイエ・ドイチェ・ユーゲントフロイント」、シュトゥットガルト、1846年

Jugendalbum. Blätter für den häuslichen Kreis unter Mitwirkung von Gustav Schwab, herausgegeben von Emma Niendorf. Mit Beiträgen von Dielitz, Güll, Fr. Hoffmann, G. Nieritz, F. Pocci, C. Stöber, u. a. die Kunstbeilagen von O. Achenbach, O. Arnz. Ch. Böttcher, Th. Hosemann, L. Richter, J. B. Sonderland u. a. Stuttgart, Hallberger. Um 1850.

ニーンドルフ、エマ「ユーゲントアルバム」、シュトゥットガルト、1850年頃

Töchter-Album. Unterhaltungen im häuslichen Kreise zur Bildung des Verstandes u. Gemüths der heranwachsenden weibl. Jugend. Mit Beiträgen von Tante Amanda—Aurelia—Marie Nathusius—Herm. Wagner u. a. Mit 30 Lithogr. nach Orig.-Zeichn. v. Professor Bürkner, A. Hindorf u. H. Wagner. Herausgegeb. v. Thekla v. Gumpert. Glogau, Flemming（1854）.

『令嬢アルバム　成長途上の女の子の知と情を育てるために』、グローガウ、1854年

Herzblättchens Zeitvertreib. Unterhaltungen für kleine Knaben u. Märchen zur Herzensbildung u. Entwickelung der Begriffe. Mit Illustrationen von H. Bürkner, K. Fröhlich, Jul. Scholtz u. H. Wagner. Im Verein mit mehreren Kinderfreunden heraugegeben von Thekla v. Gumpert. Erster Bd. Mit 25 Lith. u. 20 Holzschnitten. Glogau, Flemming（1856）.

グンパート、テクラ『愛し子の愉しみ』、グローガウ、1856年

Pocci, Franz. Lustiges Komödienbüchlein. 6 Bändchen, m. Holzschnitten. München（Leutner）1859-77.

ポッツィ、フランツ『子どもの喜劇』、6巻、ミュンヘン、1859-77年

Neues Kasperltheater. 2te, durch 2 neue Stücke vermehrte Aufl. Stuttg. u. Leipz. O. Risch 1873. M. 8 Holzschn. u. kolor. Umschlag.
『新しい道化人形劇』、第 2 版増補版、シュトゥットガルト及びライプツィヒ、1873年

Käsperle. Puppentheater für lustige Kinder. Mit 10 Zeichnungen von F. Jaede. Hildburghausen (1852). Mit 10 lith. Kreidezeichn., handkolorirt.
『ケスペルレ　元気な子どものための人形劇』、ヒルトブルクハウゼン、1853年

Puppenköchin Anna. Ein praktisches Kochbuch für kleine liebe Mädchen. Von Henriette Davidis. (Mit 1 Titellith. v. Sonderland.) 2. verm. Aufl. Dortmund, 1858.
ダヴィーディス、ヘンリエッテ『人形の料理人　アンナ　小さい女の子のためお料理の本』、第 2 版増補版、ドルトムント、1858年

Puppenmutter Anna, oder wie Anna sich beschäftigt und ihren Puppen-Haushalt führt. Nebst Geschichten u. Gedichtchen von Henriette Davidis. Mit e. prachtvollen (sic!) Farbendruck. (Von Sondeland.) Dortmund 1858.
ダヴィーディス、ヘンリエッテ『人形のおかあさんアンナのお仕事』、ドルトムント、1858年

人名索引

書名・誌名索引

本文で用いられている書名による。

事項索引

図版出典

タイトル画　彩色銅版画、F. ツックシュヴェルト『絵本フィーベル、さまざまな練習問題付き』（1827年）

8頁　木版画、ハイ『50の寓話』、（1840年頃）

10頁　木版画、J. グリースボイテル『声の本』（ニュルンベルク、1531年）

10-11頁　木版画、『改訂　ドイツ語初等読本』（18世紀初頭）

12頁　木版画、『ベルリンの初等読本』（1750年頃）

14頁　彩色銅版画、H. ミュラー『幼い子のためのかわいい贈り物』（1830年頃）

17頁　初等読本から（1800年頃）

18頁　マイルの木版画、シュピリトゥス・アスパー『ABC 読本についての夜更けの考察』（1809年）

20-35頁　木版画、『図解 ABC 読本』（1788年）

38頁　ルートヴィヒ・リヒターの木版画、ゴールドスミス『ウェイクフィールドの牧師』（1841年）

39-40頁　ホドヴィエツキの銅版画、バーゼドー『初等教育』（1770年）

42頁　（記載なし）

43頁　銅版画、カンペ『ABC 読本』（1807年）

46-47、50頁　リトグラフ、J.E. ガイラー『世界図絵』（1833年）

51頁　銅版画、ラフ『子どものための自然史』（1788年）

53-54頁　携帯版初等読本から（1853年）

57頁　木版画、『新イソップ寓話』（1800年頃）

63頁　木版画、『カエル・ネズミ戦争』（1730年）

64頁　彩色銅版画、『ヴィリバルトの外国旅行記』

67頁　ビュルクナーの木版画、『ドイツ子ども年鑑』（1854年）

71頁　タイトル画、『子どものためのイソップ寓話』（1793年）

75頁　彩色銅版画、ライヘンバッハ『ローゼンフェルトお父さんお気に入りのあずまやを飾る花づな』（1830年）

訳者あとがき

1．カール・ホブレッカーについて

（1）故郷

　地図で見るとドイツはおおよそ楕円の中に収まります。この楕円を時計に見立てるとほぼ9時と10時の位置にノルトライン・ヴェストファーレン州（以下 NRW と略します）があります。NRW の北側がヴェストファーレンで、そこがドイツの子どもの本を初めて本格的に収集したカール・ホブレッカーの故郷です。ヴェストファーレンの歴史は古く、はるかゲルマン人の時代にさかのぼります。本人に関係する19世紀から20世紀にかけてヴェストファーレンはプロイセンに組み入れられ、その一つの県となりました。ここはドイツで最も人口の密集した地域で、地理の時間におなじみのルール工業地帯があります。ちなみに州都はドイツの中で日本人が最もたくさん住んでいるデュッセルドルフです。1946年にヴェストファーレンはプロイセン州ライン県の北の部分と併合されて NRW となりました。カールはヴェストファーレンで工場を営む産業ブルジョア（工場経営者）の一族に生まれました。

　カールの甥、エドゥアルトが1935年にまとめた一家の歴史によればホブレッカー家の先祖は1313年までさかのぼることができ、ルール川の支流であるフォルメ川沿いのダール牧師管区で農場を営んでいたそうです。ダールは現在ハーゲン市（NRW）の一部となっています。ホブレッカー一族の中で後に同じヴェストファーレンにあるハムに移り住んだ人たちがいます。カー

ルはこのハムのホブレッカーの子孫です。

（2）父と母

　カールの父、フリードリヒ・ヘルマンはヨーハン・カールとルイーゼ（旧姓ヴィッテ）の次男として1845年1月28日にハムに生まれました。ヴィッテ家も工場経営者でした。ヴィッテ家は数世紀前からイーザーローン（ヴェストファーレン）に定住し、18世紀初めにシュテファン・ヴィッテ針金製造工場を創業しました。この会社は針金製造のトップ企業に成長しました。

　ヘルマンは半年間イギリスで針金製造について学んだ後、1869年に帰国して「ホブレッカー・ヴィッテ・ウント・ヘルバース社」に入社して父の部下となりました。この会社は1872年に株式会社化され、「ヴェストファーレン針金製造所」となります。ヘルマンは1889年までこの会社の役員を務めました。1869年にヘルマンはいとこのマリー・アマーリエ・ヴィッテと結婚し、1876年以降は母マリー・ヴィッテのいるヴェスティヒ（現ヘルマー市、NRW）へ転居しました。

　カール・ホブレッカーは1876年12月25日にこのヘルマンとマリーの第三子として誕生しました（長男ユーリウス、1870年生、次男パウル、1873年生）。

（3）教育

　ユーリウスは7歳でジフテリアのために亡くなります。学校での感染が疑われたためカールは小学校には行かず、パウルとともに家で教育を受けることになりました。

　1886年、カールは近代語と自然科学に重点を置くイーザーローン実科ギムナジウムに入学しました。学校へは兄とともに小さな馬車で送られて通ったそうです。パウルは常にクラスの首席でしたが、カールはふつうの平均的な成績でした。

カールは1895年に高校卒業資格（アビトゥーア）を取得し、ローザンヌ大学で化学を専攻します。軍務による一時的中断の後、1897年にゲッティンゲン大学へ転学しました。しかし実験で燐に中毒し、再び学業を中断します。回復後にフライブルク大学に転学しますが、目標であった博士の学位取得は果たせないままに終わりました。

（4）職業

　1904年からフランクフルト・アム・マインのクリムシュ光化学実験所で職業訓練を受けました。これがカールの専門的な職業となります。したがって彼は図書館員でもなければ、文芸学者でもありません。れっきとした技術者なのです（ドイツの研究書、事典でも一部誤解がありました）。

　1904年から1905年の間はベルリンのシャルロッテンブルクにある王立工科大学の助手を務め、様々な複写技術の授業も担当しましたが、工業分野での活動は短期間にとどまりました。かれはこうした人前でする仕事を好まなかったようです。

　1906年５月17日、カールはマルガレーテ・リープレヒトと結婚しました（この時、カール30歳、マルガレーテ31歳）。彼女の家も農場と工場を経営しており、経済的には裕福でした。その後カールはニーダーザクセン州最南部の町、ハノーファーシュ・ミュンデンのセルロイド工場（ホブレッカーの父が資本参加していました）に勤めますが、気に入らず、ほどなくしてベルリンに戻り、軍事技術大学の光化学の技術者として勤務しました。この二度目の長期にわたるベルリン滞在中に子どもの本の収集が始まり、それがたちまち人生の目的となりました。

２．本書の意義と位置づけ

（１）系統だった収集と質の高さ

　カールの日常生活の中に子どもの本の収集が組み込まれたことでその数は当然増えていきました。ただ単に買い集めるだけではなく、自ら研究することで子どもの本の歴史について幅広い豊富な知識と見解を身につけ、質の高い子どもの本の収集が可能になりました。その結果、自分のためのみならず、他の人の研究を支援することもできたのです。

　ホブレッカーは化学を専攻し、光化学の分野の技術者として活躍しました。この自然科学の知識と体験も一定の方針の下に系統立てて現物を収集し、整理する背景となっているように思えます。ホブレッカーはこうした子どもの本の体系から得た幅広い知識・見識を一般向けの文化雑誌を中心に教育や心理の専門雑誌にも発表しました。また古い絵本、メルヘン、物語の再刊（本文で言及しているグリムやカンペの他にもクーパーの『皮脚絆物語』やストウ夫人の『アンクル・トムの小屋』にも関わっています）に努める一方、絵本の創作にも携わりました。そうした出版活動の中で私たちに向かって気軽におしゃべりしてくれているのが、彼の著作の中で最も有名な『昔の忘れられた子どもの本』（"Alte vergessene Kinderbücher"）です（本訳書においては著者の語り口をくみ取って『ホブレッカーおじさんのおしゃべり』としました）。

（２）「ドイツ児童文学史」の本としての意義

　ドイツの児童文学史を幅広く、一般的に叙述しているのはライナー・ヴィルト編の『ドイツ児童文学史』（2002）であると言って良いと思いますが、それ以前はイレーネ・デューレンフルトの『ドイツの子どもの本の歴史』（1967）でした。彼女が

この本を執筆する際の基礎としたのがホブレッカーの子どもの本のコレクションでした。ですから私はホブレッカーの子どもの本の見方、見解を是非紹介したいと思っていました。

『ホブレッカーおじさんのおしゃべり』は1924年にベルリンのマウリツィウス社から手作業によるカラー図版入りで出版されました。総ページ数は160頁です。ホブレッカーは研究のまとめとしてではなく、子どもと同じようにささやかな喜びを得て、日々刻々幸せを新たにしたいのでこの本を出版したのだと述べています。とは言え、大きく欠落することなく読者に全体像を提示できることも同時に願っているのです。ただ私としてはまずは「ホブレッカーおじさんのおしゃべり」を楽しみ、合わせてドイツの子どもの本の歴史も知っていただければ何よりと思います。

3．「おしゃべり」の構成 ―ホブレッカーと教育―

本書はもう百年近くも前に書かれた、日本の読者にあまりなじみのない古い時代のドイツの本のことですので、「おしゃべり」を楽しむために、そしてホブレッカーの教育観を知るために本書の流れに沿って少々補足することにします。

（1）まずは「一年生」から

始めに紹介されるのは「初等読本」（フィーベル）です。どこであれ、本の世界へ入って行くにはまず文字を覚えなくてはなりません。日本なら、「いろはにほへと」あるいは「あいうえお」。ドイツなら、ヨーロッパの言葉なので、当然「アルファベット」です。これをどう覚えてもらうか、さまざまな工夫がこらされました。本書出版当時頃までドイツのアルファベットはラテン文字ではなく、本文の図版を見ればわかるようにド

イツ文字（亀の子文字）でした。シュピーリの『ハイジ』でもハイジがこの文字を覚えるのに大変苦労している様子が描かれています。

工夫の始めは擬音語と絵の組み合わせです。1531年、ニュルンベルクで出版された本の図版（10頁）では御者が馬車馬に"o, o"「おー、おー」と言い、農婦がアヒル（?）に"sch"「しっ」言っています。次いで18世紀のドイツ語の本の図版が出てきます（10〜11頁）。起源はもっと古いらしく図版こそ異なれ、同じ文句のものがコメニウスの『世界図絵』にも出ています（コメニウスと『世界図絵』については次の項に出てきます）。

さらには象徴性や教訓も伴ってきます。12頁の図版は18世紀初頭のものです。「鳥の鳴き声」と「卵」の綴りが示されています。鶏には「早起きの徳」が込められています。

17頁以降ではすべてのアルファベットの絵と文を紹介しているもの（18世紀後半）の例が提示されています。ホブレッカーおじさんお気に入りの図版だったようです。

こうして子どもの本に先鞭がつけられるとその後には「類似の新しい本がどっと洪水のように続き、もはや教室ばかりでなく、授業の合間にも読まれ」（本書19頁）るようになっていきます。

（2）「目で見る」——絵による教育

けれども字だけで子どもたちを読書に導くことはできません。ホブレッカーは遊びの要素の大切なことを力説し、その先駆者としてコメニウスの名を挙げています。

ヨーハン・アーモス・コメニウスは1592年にボヘミア（チェコ西部）に生まれた人で、教師でもあり、宗教改革に殉じたヤン・フス（1365-1415）に端を発する「ボヘミア同胞教団」の

牧師、監督を務めた人でした。学校制度の改革やカリキュラムの体系化に尽力した教育者でもありましたが、その彼の晩年の仕事が『世界図絵』("Orbis Sensualium Pictus")です。これは子どもたちにラテン語を生き生きと学ばせようとしたものであり、絵本の元祖とも言われています。彼は当時の哲学者たち、とりわけフランシス・ベーコン（1561-1626、イギリスの哲学者、政治家）が主張した現実世界の観察をラテン語教育に取り入れ、観察された世界をラテン語と母語（最初はドイツ語）の対訳形式で提示しました。「これは当時の全く抽象的な学習方式からみれば一大転換を意味」する画期的なものでした（ベッティーナ・ヒューリマン（野村泫訳）『子どもの本の世界』、福音館書店、1969）。

　続いてホブレッカーはこの絵による教育の精神を受け継いだ三人の人物を紹介しています。一人はヨーハン・ベルンハルト・バーゼドウ（1724-1790）とその『初等教育』。二人目はヨーハン・ジーグムント・シュトイ（1745-1808）とその『少年少女のための絵によるアカデミー』（1784）です。第三のものとしてクリスティアン・ゴットヒルフ・ザルツマン（1744-1811）の『道徳的初等教育』（1782）を紹介しています。ただホブレッカーはこの三人の教育方針を肯定しているわけではないのです。「この三種の本は、これから向かう先が悲しい荒野、つまり教訓的・道徳的なものであることをはっきり示して」（41頁）いるとして、むしろ悲観しています。

（3）「楽しい教科書」

　次にホブレッカーおじさんが見せてくれるのは「楽しい教科書」です。「楽しくなければ教科書じゃない」と言わんばかりですが、最初に掲げられているのは礼儀作法です。楽しくなさ

そうですが、ホブレッカーに言わせれば、韻を踏んだ詩形式の言葉遊びがおもしろいのでしょう。ともあれホブレッカーは子どもを教育するに当たっては笑わせ、生き生きとした調子で楽しませることを何よりも願っていました。

（4）「娯楽読み物の先駆者たち」

　ここでは聖書、聖書物語、イソップ寓話という流れで紹介されています。ただそれらに子どもが引きつけられたのは挿絵であって、内容は読んで聞かされるものでした。中でもホブレッカーが注目するのは寓話作家のブルカルト・ヴァルディス（1490頃-1556）と動物叙事詩を書いたゲオルク・ロレンハーゲン（1542-1609）です。ヴァルディスについては児童文学の先駆けと認めつつも、「とても退屈」なので題名だけで十分と言い、ロレンハーゲンの『カエルとネズミの戦争』（1595）については読むのに骨は折れても、意義のある本だと言っています。ここでもホブレッカーおじさんの言葉遊び好きがうかがえます。ただ娯楽読み物の先駆けを見出そうとする作業は、退屈さとの戦いの連続だったようです。

（5）民衆的素材

　活版印刷が15世紀中頃に実用化されると、粗悪な紙に印刷された英雄や騎士の物語（困難な愛の実現も含まれる）、滑稽譚、妖精の登場する不可思議なお話が「民衆本」として普及してきます。

　ホブレッカーがとりわけ民衆素材として好んだものは「なぞなぞ」でした。子どもにも好まれるものとして「最も古い児童文学の中に気持ちの良い花を咲かせた」とまで言っています。もちろんメルヘンについても言及しています。ゲルマン民族は純粋さと深みのあるメルヘンを作り出したと自慢しています。

その後で彼は「フケー、ティーク、シャミッソー、ハウフ、ブレンターノからメーリケ、ライニック、シュトルムに至るまで何とたくさん出てきたことでしょう」（76頁）と一連のロマン主義を中心とする作家の名前を挙げています。

　「歌」もメルヘン同様にドイツは数多くのものを生み出してきました。ただ童謡集となると18世紀以前のものはあまりなく、ホブレッカーも「18世紀末の童謡集で私には十分」と言っています。ですから19世紀初頭の1805年（刊行された本には1806年と記されています）にアルニムとブレンターノによる『こどもの魔法の角笛』には注目していますが、他の大勢の著者たちについてはあっさりと「彼らの作品が忘れ去られることはありません」と楽観的に断言して締めくくっています。

（6）「新しい文学の創造」

　18世紀後半から子どもを意図した作品の出版は次第に増えていきます。理由の第一は啓蒙思想の普及でしょう。これは言うならば、盲目的な神への信仰から、人間の知的な判断を信頼することへの転換でした。確かな判断をするには十分な知識がなければなりません。十分な知識を得るには周到な学習が必要ですし、そのためには早期からの教育をしなくてはなりません。こうして啓蒙思想に裏打ちされた、バーゼドー、ザルツマン、カンペのような一群の教育者たちが出現します。彼らは子どものために多数の本を出版しました。

（7）「世界文学と古典作家たち」

　ホブレッカーが世界文学に位置づけ、古典としているのは以下の作家と作品です。

　セルヴァンテス『ドン・キホーテ』（子ども向け、1787）

　ル・サージュ『ジル・ブラース物語』（子ども向け、1802）

ボッカッチョ『デカメロン』（子ども向け、1815）

デフォー『ロビンソン』（原作、1719。18世紀後半以降さまざまに模倣される）

スウィフト『ガリバー』（原作、1726。ドイツ語版、1727以降）

ムゼーウス『子どもと子どもでない人のための道徳的がらがらおもちゃ』（1788、一種の教育的教理問答）

ヘルダー／リーベスキント『パルムブレッター』（1786-1788、東洋の物語と寓話）

フーヴァルト『教養階級のこどものための本』（1820-1824）

コッツェブー『わが息子たちのための物語』（1812）

ヘーベル『宝の小箱』（1824）

ヤコプス『マイナウの休暇』（1820）

レール『小さな物語集』（1800-1809）

ホブレッカーは収集家としてこの時代のものを丹念に集めて整理しました。ここで語られるのは、たくさん出版されているにもかかわらず、たやすく忘れ去られてしまった、との嘆きです。彼の嘆息は1933年の政治変動と大きく関わっています。その点については後でまた触れることにしましょう。

（8）見た目

　昔の本は大人のためのものであれ、子どものためのものであれ、大きさは「八折り」（42頁、注3参照）で、表紙の厚紙は緑色、あるいは茶色であったため地味で目立ちませんでした。ところが1820年頃から、「見た目」が大きく変化します。この変化が起きるのは文化史や文学史で「ビーダー・マイヤー」と称される頃です。ナポレオン戦争が終わり、旧体制に復帰した1815年頃に始まって、この復古体制が揺らいだ1848年までの時

代です。人々は外の騒がしさを避け、室内の居心地、とりわけ優美な家具を好みました。本の装丁の見た目が良くなったのもこうした傾向と無関係ではないと思われます。同時に本文中の見た目も大幅に改善されましたが、外見と内容が釣り合わないことが多いのも世の常です。ホブレッカーおじさんもそのことを嘆いています。

（9）「古典的児童文学作家」

　この章の表題、「古典的児童文学作家」からは評価の定まった、定番の児童文学作家を取り上げているように見えますが、そうではありません。多作で、現役の時は大きな影響力をもっていたものの、その後忘れられてしまった作者たちのことを指しています。ただその中でもグスタフ・ニーリッツ（1795-1876）にはホブレッカーおじさんはとりわけ愛惜の念をもっていたようです。

　ニーリッツは生活と締切に追われて、生涯に200作以上の作品を生み出しました。そして彼の本はホブレッカーの期待するように20世紀になってもなお出版され続けます。「［…］それらは教育者の道徳的意図を支えてくれたからである。また読者にとっても心地よいものだった。なぜなら努力しなくてもわくわくと楽しませてくれたからであり、そして結局出版社にとっても同じ理由から心地よく販売できたからである。」と、デューレンフルトはニーリッツが出版され続けた理由を述べています（デューレンフルト前掲書）。彼女は続けて「けれども作り物の、真実とはほど遠い生活形態、問題を表面的にしかとらえていないこと、善玉にせよ、悪玉にせよ、人物描写が大げさであったため、とりわけ虚偽の現実を提供して好ましくない影響も及ぼしていた」とその内容にはきわめて批判的です。ただ「男の

子」であるホブレッカーおじさんにはお気に入りの世界でした。

(10)「躍進」と「黄金時代」

　ホブレッカーは「躍進」の章では挿絵に重きを置きながらも、作家、とりわけ女性作家の活躍、出版社の活動、そして児童文学の広がりについて述べています。「黄金時代」の章でも児童文学にとって重要なオットー・シュペクター、テーオドア・ホーゼマン、ルートヴィヒ・リヒターの活動を中心に画家、作家、出版社そして読者にとっての幸せな、つまり「黄金時代」をホブレッカーおじさんは楽しそうに語り続けます。

(11)　愛される「ロングセラー」

　そして最後の山場は「ロングセラー」です。この章では誰でも知っている『ロビンソン』や『ガリバー』の他に、ドイツの人に長く愛された子どもの本が取り上げられています。特にホブレッカーおじさんが愛してやまなかったものはフランクフルト・アム・マインの医師、ハインリヒ・ホフマンが我が子のために書いた、『もじゃもじゃペーター』でした。ホフマン医師は1844年の冬に、子どもにクリスマスプレゼントとして絵本を贈ろうとしましたが、町中の本屋をめぐっても彼の気に入ったものは一冊も見つかりませんでした。そこで彼は一冊のノートに絵と文章をかきつけました。こうしてできあがった絵入りのノートは息子のカールに贈られました。結果は上々でした。この手作り絵本は子どもばかりでなく、友人の二人の書籍商、レーニヒ氏とリュッテン氏にも気に入り、彼らは設立したばかりの出版社から、低価格で売り出すことにしました。結果はやはり上々でした。初版の1500部は一月で売り切れました。この本とともに「絵本の時代が始まり［…］児童文学の建物も堂々たる」（166頁）ものになっていきます。

ここまで語った後、ホブレッカーおじさんは言い足りなかったことを「補遺」として幾分つけ足しました。本の判型や雑誌、演劇、料理についても言及しています。そして

　「［…］真心を込めて仕事に打ち込み続けました。ですからある人には刺激を、別な人には思い出を、また別な人には私の提供した美しいものにうっとりとして日常を忘れる時間を、といった具合になにがしかのものを提供できたのではないか、と考えています。」（185頁）

　と結んで満足げに彼のおしゃべりを終えています。

４．ナチズムの時代及び第二次世界大戦後のホブレッカー

（１）19世紀後半のドイツの興隆

　さて以上のように締めくくることができれば、私にとっても、とても幸せなことですが、時代の流れはホブレッカーに「昔の忘れられた子どもの本」（本書の原題）の世界に遊ぶことを許しませんでした。19世紀後半のドイツは、ナポレオン率いるフランス軍に惨めに敗れた世紀初頭とは異なって、プロイセンを中心として戦争に勝ち続けました。産業革命の波にも乗り、著しい経済成長を遂げ、人口も急激に増えていきました（1871年：約4100万人、1914年：6780万人）。ホブレッカーが子どもの本を収集できたのも成長する産業ブルジョアに連なる人だったからとも言えます。

（２）第一次世界大戦の敗北

　ところが20世紀初頭のドイツは第一次世界大戦で国力を著しく消耗したあげく結局負けてしまいます。そして前世紀後半とは逆に巨額の賠償金の支払いを迫られました。その上経済政策にも失敗し、ハイパーインフレに陥ります。ホブレッカー夫妻

もこの苦境を免れることはできませんでした。夫妻は所蔵する12000冊の児童書を寄贈することと引き替えに、所蔵館の終身学芸員として迎えてほしいと公的機関に働きかけました。けれども事はそう簡単には運びませんでした。

（3）ナチズムの時代

　グーテンベルクの故郷として知られるマインツ（ラインラント・プファルツ州の州都）の国際教育研究所に国際児童書部門を設立し、そこに蔵書とともにホブレッカー夫妻も移る計画は1932年の秋に実現寸前までいきますが、結局実らないまま1933年を迎えます。この年の1月にナチスが政権に就くとホブレッカーの交渉先は否応なくナチスの青少年部門（ヒトラー・ユーゲント）となりました。そのため責任者であったバルドゥーア・フォン・シーラハ（1907-1974）に接近していきます。

　ナチス指導部の力を借りたことでホブレッカーは長年の夢であった子どもの本の専用図書館が実現し、そこで働くこともできるようになりました。けれども彼の子どもの本への素朴で「善良な」愛は、ナチス体制に進んで入ったことにより、深く傷つき評価を落とすこととなってしまいました。そのためかホブレッカーに関する研究は盛んとは言い難く、散発的になされているにすぎません。子どもの本はますます注目されていますが、ホブレッカーの方はほとんど「忘れられた」状態なのです。

（4）第二次世界大戦以後

　1939年9月にドイツ軍がポーランドに侵攻したことで第二次世界大戦が始まりました。破竹の勢いで東はポーランドを経てロシアへ、西はイギリスへ攻勢を仕掛けましたが、次第に守勢に立たされ、ドイツの首都ベルリンも開戦一年後の1940年8月末からイギリス空軍の空襲にさらされるようになりました。こ

うして戦争が激化する中、1943年の11月にホブレッカー夫妻の住んでいたイン・デン・ツェルテン（ベルリンの中央部にあったかつての地名）の住居も爆撃により破壊されてしまいました。

　住まいを失った後の一年間をどう暮らしたかについても含めこの時期以降のホブレッカーについてはよくわかりません。というのも戦後の追求を怖れたためか、避難する際に自分の写真、手紙、著作を処分してしまったからです。ともあれホブレッカー夫妻は1944年末にベルリンを離れ、妻側の親戚を頼ってクニープホーフ（現ポーランド領、コナジェボ）へ移り住みます。しかしここもロシア軍が迫ったため、夫妻はさらに一族の根拠地であったヴェストファーレンのヘーメルへと逃れました。ここで二人は1945年の5月8日に終戦を迎えます。翌年には住民登録もしました。こうして生活もようやく落ち着いていくかに見えましたが、登録の二週間後に妻のマルガレーテが亡くなってしまいます。それにもめげずカールは出版活動を再開し、1948年に50頁にも満たない薄い本ですが、大好きななぞなぞの本を出版しました。でも残念ながらカールはその翌年までしか生きることができませんでした。腸にできた癌のために6月22日に亡くなってしまうのです。72歳でした。

5．ホブレッカー夫妻による子どもの本の収集について
（1）収集への意欲

　子どもの本のコレクションを充実させ、維持していくのはホブレッカーにとってなかなか大変なことでした。いくつもの試練が次々に襲ってきます。最初の世界戦争、その後の超インフレ、そして再度の世界戦争がありました。裕福な家庭の出身とは言え、経営者ではなく、雇用される身の上であるホブレッカ

ーにとって必要な資金の工面は容易なことではありませんでした。交際のあった書店店主に「寄付」を迫ったこともあるそうです。

　なぜホブレッカー夫妻がこれほどまでして子どもの本の収集を図ったのでしょうか。その動機をたどることは難しいのですが、いくつか理由は挙げられるでしょう。

①上で述べたようにそれまで欠落していた子どもの本の学術的研究に貢献する意義をよく理解していたこと。

②夫妻に子どもがいなかったことの代償行為。

③薬品中毒のために光化学の研究を続けられなかったこと。

　ある分野での活動の断念を別な新しい分野で補おうとして、先の分野以上にのめり込むことはしばしば見られるようですから３番目の理由も当てはまりそうです。とはいえ、夫カール単独では不可能でした。我が子に代わるコレクションの成長を深い愛情と辛抱強さで見守り支えた妻マルガレーテの貢献を忘れてはならないでしょう。

（２）散逸の危機

　このように苦労を重ねて収集された12000点に及ぶ子どもの文献は第二次世界大戦末期の混乱により著しい損害を被りました。行方が不明となり、その所在についての怪しげな情報も飛び交いました。ときどきコレクションのスタンプが押された書籍がオークションに出品されたり、古書店の目録に載ったりもしました。ところがやがて、その大部分のありかが明らかになります。発見先はブラウンシュヴァイク郊外にある農家の納屋でした。しかしここは安全な避難先ではありませんでした。暖房のために燃やされたりして、途中で行方不明になったままのものもありました。その上、戦後の非ナチ化政策もナチスの力

を利用したホブレッカー・コレクションにとっては安全ではありませんでした。

（3）保存への努力

　この状況を打開したのは占領軍の文化担当将校です。コレクションはとりあえず地元の教育大学の書庫へ運び入れる措置がとられました。しかしここも安住の地ではありませんでした。ブラウンシュヴァイク大学の再建のために古紙再生業者に書庫の整理が委ねられたからです。幸いなことに、かろうじてブラウンシュヴァイク教育大学図書館長、バイス教授らの尽力によって書庫内のコレクションや書籍が古物商の手に渡る危機は回避されました。

　1946年以後ホブレッカー・コレクションはブラウンシュヴァイク教育大学の図書館に収蔵され、以下の三つの柱に沿って拡充されていきます。

①もともとホブレッカー・コレクションであったおよそ5,000冊の本、その中心は19世紀に出版された書籍。

②関連する19から20世紀の児童文学文献。ホブレッカー・コレクションにあったものばかりでなく、ドイツ児童図書館、ユーゲント指導部アカデミー、及びブラウンシュヴァイク教育大学由来のものも含まれる。

③1946年以後ブラウンシュヴァイク教育大学が組織的に集めた児童文学書。

　1971年にブラウンシュヴァイク教育大学と工科大学の図書館は統合されました。ホブレッカー・コレクションも新造の大学図書館に設けられた特別書庫に三回目の移転をします。同図書館は1975年から1978年にかけて子どもの本の表紙のコピーを作成し、コレクション利用の第一歩を踏み出しました。やがて

1978年に二つの大学は総合工科大学として一体となりました。

（4）文献目録の作成

1）ブラウンシュヴァイク大学におけるホブレッカー・コレクションの目録作成

　ようやく1978年からドイツ研究振興協会（Deutsche Forschungsgemeinschaft）の支援を受けてコレクションの目録づくりが着手されました。およそ5年をかけて1983年に作業を終えました。その成果として2年後の1985年に二つに分冊した、併せておよそ1200頁に達する大部の目録ができあがりました。

　登録されたタイトルは総計で8238ですが、由来がわかったものはそのうち5574タイトルでした。したがって2664タイトルはどのような経路をたどってコレクションに収まったのかはっきりしません。突きとめられたものの内訳は以下の通りです。

ホブレッカー自身	4003
帝国児童図書館	1322
ドイツ青少年指導アカデミー	63
青少年指導部中央図書館	72
その他の部局	14
計	5574

　明確に同定できなかったものの、残りもおそらくホブレッカーが集めたものと推定されています。

　ホブレッカー・コレクションには元々およそ12000タイトルあったと推定されていますので、戦中、戦後の混乱期に約4000タイトルほどが紛失、散逸したことになります。この目録には児童文学史上必ず言及されるホフマン博士の『もじゃもじゃペ

ーター』が15タイトル記載されていますが、散逸前のコレクションには300タイトルあったそうです。

この目録には以下のような7種の索引が付されています。

①タイトル

②著・編者

③イラストレーター

④出版地

⑤年代順

⑥シリーズ

⑦言語

年代順の索引によれば、コレクションの中心は1850年～1900年、及び1900年～1930年にあり、1750年以前のものは20タイトルしかありません。

言語別ではもちろん圧倒的にドイツ語のものが優位を占めていますが、アメリカ、オーストラリア、ベルギー、デンマーク、イギリス、フランス、オランダ、イタリア、ラトビア、スウェーデン、スイス、スペイン、南アフリカの本もあります。日本語の本も2タイトルあって、"Otogi kawarie momotaroo" と "Nihonichi no ebanashidokuhon" が登録されています。

2）フランクフルト・アム・マインに保管された文献

より小規模なホブレッカー・コレクションとしてフランクフルト・アム・マインの児童書籍研究所の所蔵するもの、約450冊があります。これは1979年にフランクフルト市立兼大学図書館がカール・ホブレッカーの甥から購入し、同市の児童書籍研究所に永年貸与されています。しかしその前年にすでにブラウンシュヴァイク大学では目録作りが始まっており、統一はなりませんでした。

こうしてみますとコレクターは忘れられても、コレクション
の価値はますます増していると言えるでしょう。この結末を
「終わりよければすべてよし」と言えるのかどうか、判断は読
者にお任せしたいと思います。

付記

ドイツ児童文学史記述の出発点と言っても過言ではないカー
ル・ホブレッカーの本書を翻訳出版したいと長年願っていまし
たが、ようやく実現できました。もっと早く短時日のうちに完
成すべきだったのですが、訳者の怠慢故に20年近くかかってし
まいました。仕事が滞りがちの訳者を絶えず励まし、出版を支
援下さった茨城大学名誉教授の田代尚弘先生、原稿の校正に快
く協力いただいた元茨城大学非常勤講師の大森（服部）園子さ
ん、そして実際の刊行に当たった青簡舎の大貫祥子さんには多
大なお力添えをいただきました。深く感謝申し上げます。

なお、このあとがきをまとめるに当たってはホブレッカーの
この本以外に主として下記の文献を参考にさせていただきまし
た。

Doderer, Klaus: Lexikon der Kinder- und Jugendliteratur.
Bd.1 Weinheim/Basel 1975

Düsterdieck, Peter（Bearb.）: Die Sammlung Hobrecker der
Universitätsbibliothek Braunschweig. Katalog der Kinder-
und Jugendliteratur 1565-1945. 2 Bde. München/New York/
London/Paris 1985

Dyhrenfurth, Irene: Geschichte des deutschen Jugendbu-
ches. mit einem Beitrag über die Entwicklung nach 1945
von Dierks, Margarete. Zürich/Freiburg i. Br. 1967

Göbels, Hubert: Nachwort von Hubert Göbels. in: Hobrecker, Karl: Alte vergessene Kinderbücher. Nachdruck der Ausgabe von 1924. Herausgegeben von Hubert Göbels, Dortmund 1981

Mahn, Michael: Karl Hobrecker - ein deutscher Sammler. Herzberg 1987

Wild, Reiner (Hrsg.): Geschichte der deutschen Kinder- und Jugendliteratur. Stuttgart 1990

坂井榮八郎『ドイツ史10講』、岩波書店、2003年

野村泫『ドイツの子どもの本』(増補新版)、白水社、2009年

ヒューリマン、ベッティーナ(野村泫訳)『子どもの本の世界』、福音館書店、1969年

細井直子「ドイツ少女雑誌にみる少女像―十九世紀後半から第一次世界大戦まで」(柴田陽弘編著『文学の子どもたち』、慶應義塾大学出版会、2004年所収)

2018年3月

佐　藤　和　夫

ホブレッカーおじさんのおしゃべり
ー ドイツ児童文学史事始め ー

2018年4月5日　初版第1刷発行

著　者　　カール・ホブレッカー

訳　者　　佐藤和夫

発行者　　大貫祥子

発行所　　株式会社 青 簡 舎
　　　　　〒101-0051　東京都千代田区神田保町2-14
　　　　　電話　03-5213-4881
　　　　　http://www.seikansha.co.jp

印刷・製本　株式会社 太平印刷社

著者

カール・ホブレッカー

1876年、ヴェスティヒ（現ドイツ、ノルトライン・ヴェストファーレン州）に生まれる。ローザンヌ、ゲッティンゲン、フライブルクの各大学で化学を専攻、光化学技術者となる。若くしてドイツの子どもの本に関心を持ち、12,000点に及ぶ書籍を個人として系統立って収集した。この体系から得られた知見を文化及び教育の専門雑誌に発表する傍ら、子どもの本の再刊に尽力し、新刊の出版にも貢献した。『ホブレッカーおじさんのおしゃべり』ではドイツの子どもの本の歴史を紹介しつつ、子どもの本への愛と見解を披瀝している。1949年、イーザーローン（同上）で死去。

訳者

佐藤和夫（さとう かずお）

1951年生まれ。1976年、茨城大学人文学部文学科卒業。1978年、金沢大学大学院文学研究科ドイツ文学専攻修了。茨城大学人文学部講師、助教授、教授を経て現在同大学名誉教授、放送大学特任教授（茨城学習センター所長）。主な研究対象はエーリヒ・ケストナー。